**Christine Sylvester**   Adel verzichtet

**Christine Sylvester**, geboren 1969 in Bielefeld, ist Diplom-Journalistin und lebt als Autorin und freie Dozentin für Medien & Kommunikation, Mutter zweier Kinder und Bodyguard eines ängstlichen Schäferhundes in Dresden. Mit dem 1. Platz im Dresden-Krimiwettbewerb 2005/06 stieg sie ins mörderische Belletristik-Fach ein. Neben vier Romanen und einem Theaterstück um die Kommissarin Lale Petersen hat sie sich u. a. mit preisgekrönten Kurzkrimis einen Namen gemacht. Weitere Buchveröffentlichungen und Informationen unter *www.sylvester-artikel.de*

Christine Sylvester

# Adel verzichtet

Ein Dresden-Krimi

Bild und Heimat

Von Christine Sylvester liegt bei Bild und Heimat außerdem vor:
*Neue Meister, alte Sünden. Ein Dresden-Krimi* (2015)

ISBN 978-3-95958-042-7

1. Auflage
© 2016 by BEBUG mbH / Bild und Heimat, Berlin
Umschlaggestaltung: fuxbux, Berlin
Umschlagabbildung: © fotolia / Inta Eihmane
Druck und Bindung: GGP Media GmbH, Pößneck

Ein Verlagsverzeichnis schicken wir Ihnen gern:
BEBUG mbH / Verlag Bild und Heimat
Alexanderstr. 1
10178 Berlin
Tel. 030 / 206 109 – 0

*www.bild-und-heimat.de*

Für Thorsten D. Krüger

*Tugend ist der einzige Adel.*
Seneca

# Komischer Kunde

»Habe den Grafen abgesetzt«, hörte Kökkenmöddinger die Stimme seines Kollegen über Funk. »Tour war Radebeul und Meißen. Er steigt gerade in den Wagen von Jürgen.«

Kökkenmöddinger verließ grinsend am Pirnaischen Platz sein Taxi und sah Heinz auf einer Bank in einer Zeitschrift blättern.

»Hallo, mein Lieber«, begrüßte er ihn.

Heinz sah auf. »Kökki, Mensch, das ist doch ein schräger Vogel, was?«

»Du meinst diesen Fahrgast, der schon seit heute Morgen von einem Taxi ins andere steigt?« Kökkenmöddinger ließ sich ebenfalls auf der Bank nieder.

»Ja, angeblich ein Graf.« Heinz deutete auf seine Zeitschrift.

Kökkenmöddinger schmunzelte. »Und da suchst du gleich die Adelsgazetten nach ihm ab?«

»Ein bisschen«, gab Heinz zu. »Erst dachte ich, die Kollegen erlauben sich einen Scherz oder spielen irgendein Spiel. Aber dann hatte ich ihn selbst im Wagen.«

»Ach?« Kökkenmöddinger sah Heinz an. »Und was wollte er?«

»Wir sind nach Pillnitz gefahren«, gab Heinz Auskunft. »Was der alles wissen wollte … Fragen über Fragen. Ich kam mir vor wie in einer Prüfung!«

Ein weiterer Kollege kam hinzu und zündete sich eine Zigarette an. »Was sagt ihr denn zu diesem Grafen, hmh?«

Kökkenmöddinger zuckte die Achseln. »Ich hatte noch nicht das Vergnügen.«

»Nee, nee, da ist doch was faul.« Der Kollege blies Rauch in die Luft. »Wenn ihr mich fragt, der Typ hat irgendwas vor.«

»Das sehe ich auch so«, pflichtete Heinz bei.

»Diese Fragen!« Der Raucher schüttelte den Kopf. »Was der alles von mir wissen wollte. Ich kam mir vor wie ein Depp.«

Heinz nickte nur. »Ich hatte Schwein, dass ich mit ihm nach Pillnitz musste. Die August-Cosel-Klamotte habe ich einigermaßen drauf. Aber als er wegen der Kloster fragte ...«

»Und die Wettiner.« Der Raucher schnaubte. »Wo welcher Nachkomme jetzt residiert. So eine Scheiße!«

Kökkenmöddinger lachte. »Der macht wohl eine Kulturprüfung oder sowas mit uns allen.«

»Nee«, winkte Heinz ab. »Ich glaube, der hat was anderes vor. Das ist kein Graf.« Er deutete erneut in seine Zeitschrift. »Nischt. Nirgendwo ein Graf von Gundermark!«

»Ja, das mit dem Grafen ist Blödsinn«, sagte der rauchende Kollege. »Ich denke, der will was ganz anderes ... Vielleicht will er ein Taxiunternehmen aufbauen.«

»Glaube ich kaum«, entgegnete Kökkenmöddinger. »In Dresden gibt es schon genug von uns. Es werden seit Jahren keine neuen zugelassen.«

»Dann will er vielleicht unseren Laden übernehmen«, mutmaßte Heinz.

»Ach du Scheiße, nee!« Der Kollege warf seine Kippe auf den Boden und trat nach. »Vergiss es! Mit dem als Chef fahre ich lieber Pakete aus.«

»Vielleicht ist er einfach nur ein Spinner, der zu viel Geld und Langeweile hat«, warf Kökkenmöddinger ein. »Malt euch doch nicht gleich Horrorszenarien aus.«

»Na, du hast gut reden«, sagte Heinz. »Wenn der sich nun aussucht, wen er übernimmt und wen er rausschmeißt?«

»Genau.« Der Kollege zündete sich eine weitere Zigarette an. »Wenn der das nach Bildung entscheidet ... Mensch, ich bin doch kein Geschichtsprofessor!«

Kökkenmöddinger lehnte sich zurück. »Jede Bewegung verläuft in der Zeit und hat ein Ziel.«

Der Raucher winkte ab und Heinz sah Kökkenmöddinger fragend an.

»Aristoteles«, ergänzte Kökkenmöddinger. »Wir werden schon noch erfahren, was er vorhat. Oder eben nicht.«

»Deine Nerven möchte ich haben, Kökki.« Der Kollege zog an seiner Zigarette. »So, meine Pause ist rum. Ich bin dann am Wagen.«

Heinz legte die Zeitung beiseite. »Ja, ich muss mich auch wieder tummeln.«

In diesem Moment hielt ein weiteres Taxi am Stand. Es war der Wagen von Jürgen.

»Hey, das ist doch unser Graf.« Heinz deutete hinüber zum Stand.

Kökkenmöddinger wandte sich um und sah einen eleganten Herrn mittleren Alters aus Jürgens Taxi steigen. Dann schien er die weiteren wartenden Wagen eingehend zu betrachten.

Heinz erhob sich. »Kökki, ich fürchte, jetzt bist du dran.«

Kurz darauf nahm der illustre Fahrgast tatsächlich auf dem Rücksitz von Kökkenmöddingers Taxi Platz. Formvollendet höflich und mit Handschlag hatte er sich vorgestellt als Horst Graf von Gundermark.

»Wohin darf ich Sie fahren?« Kökkenmöddinger beobachtete den Mann im Rückspiegel.

»Ich habe eine vielleicht etwas ungewöhnliche Bitte«, hob der Fahrgast an. »Stellen Sie sich vor, wir hätten den ganzen Tag Zeit und Sie müssten mir Dresden und Umgebung zeigen. Welche Kulturschätze würden Sie mir präsentieren?«

Kökkenmöddinger überlegte kurz. »Nun, da wir uns im Taxi bewegen, würde ich mich natürlich auf die Umgebung konzentrieren. In Dresden sind viele Sehenswürdigkeiten schließlich sehr kompakt angeordnet.«

»Sehr gut.« Der Graf zückte ein Notizbuch. »Was halten Sie von Schlössern?«

»Ich würde sie bei ausreichend kompetentem Personal durchaus als Wohnsitz in Erwägung ziehen.« Kökkenmöddinger lächelte. »Und wenn wir einen ganzen Tag Zeit hätten, würde ich Ihnen für den Vormittag die drei Elbschlösser am rechten Elbufer empfehlen. Schloss Albrechtsberg beherbergt das Türkische Bad, außerdem gibt es dort eine hervorragende Straußwirtschaft im Weinberg. Auch das Lingnerschloss besitzt eine sehr interessante Geschichte und hat viel zu berichten über das letzte Jahrhundert, als Karl August Lingner die ehemalige ›Villa Stockhausen‹ übernahm. Der Park …«

»Sehr gut, sehr gut.« Der Graf machte sich Notizen. »Und das dritte?«

»Schloss Eckberg ist ein exklusives Hotel mit einem ebensolchen Restaurant«, erklärte Kökkenmöddinger. Er erinnerte sich, dass ein opulentes Abendessen mit Jelena vor einigen Monaten etwa genauso viel gekostet hatte wie ihre gemeinsame Monatsmiete. »Nach dem Mittagessen dort könnten Sie den Schlössertag in der Umgebung fortsetzen: Schloss Moritzburg, die Albrechtsburg in Meißen, die Burg Stolpen, Schloss Weesenstein …« Er wandte sich um. »Wohin soll ich Sie denn nun fahren?«

»Danke, danke.« Der Graf machte sich erneut Notizen. »Und Kirchen?«

»Haben wir auch.« Kökkenmöddinger seufzte leise. »Jede Menge. Hätten Sie es denn lieber katholisch oder protestantisch?«

»Das spielt keine Rolle«, sagte der Fahrgast. »Ist es möglich, einen Tagesausflug aus sakralen Sehenswürdigkeiten zusammenzustellen?«

»Aber sicher.« Kökkenmöddinger unterdrückte ein Stöhnen.

»Man kann sicherlich mehrere Tagesausflüge dieser Art bestreiten. In den Landkreis Bautzen, Meißen und auch Mittelsachsen.«

»Sehr schön.« Der Fahrgast steckte sein Notizbuch weg. »Und welche kulturellen Veranstaltungen empfehlen Sie für ein gehobenes Abendprogramm?«

Kökkenmöddinger räusperte sich. »Das hängt ganz von Ihrem Geschmack ab. Wir haben kleine Kabarettbühnen und natürlich das Staatsschauspiel, die Landesbühnen, die Staatsoperette und natürlich die Semperoper.« Er beobachtete den konzentriert lauschenden Grafen im Spiegel. »Wir haben selbstverständlich auch Striplokale und in den Hinterzimmern den einen oder anderen … Nun ja, Bordelle eben.«

»Nicht doch«, wehrte der Fahrgast ab. »Aber ich sehe schon, Sie scheinen sehr kompetent zu sein. Fahren Sie mich bitte zu meinem Hotel.«

»Gern.« Kökkenmöddinger seufzte. Es wurde auch Zeit, dass er endlich mal zu seiner Fuhre kam. »Wo darf es denn hingehen?«

»*Kempinski,* Taschenbergpalais.«

Kökkenmöddinger schluckte. Na toll! Solch ein Palaver für zwei Kilometer Fahrt. Er startete den Wagen, fuhr aus den Seitenstraßen heraus auf die Prager Straße und bog nach links ab durch die Innenstadt. Am Postplatz fuhr er rechts und brachte das Taxi gegenüber vom Zwinger vor dem Taschenbergpalais zum Stehen.

»Wie heißen Sie?«, fragte der Graf und drückte ihm einen Fünfzigeuroschein in die Hand.

»Kökkenmöddinger.« Er begann nach Wechselgeld zu suchen.

»Nicht doch. Stimmt so«, sagte der seltsame Fahrgast. »Ich möchte Ihnen ein Angebot machen. Ich buche Sie ab morgen für eine Woche zu einer Tagespauschale von … sagen wir fünfhundert Euro.«

Kökkenmöddinger sah ihn überrascht an. »Wie bitte?«

»Na gut, siebenhundertundfünfzig Euro.« Der Graf reichte ihm die Hand. »Morgen früh um acht Uhr hier vor dem Hotel. Ich denke, Sie sind der richtige Mann für mein Anliegen.«

Kökkenmöddinger schüttelte verdutzt die dargebotene Hand. Dann nickte er. »Morgen früh um acht Uhr.«

Mit gerunzelter Stirn schaute er dem eigenartigen Adligen nach. Das war ja mal ein Ding.

# Fasanenjagd

Kökkenmöddinger hatte seine obligatorische Lektüre – Philosophiebücher – im Handschuhfach durch einige Reiseführer über Dresden und Umgebung ersetzt. Einen solchen Auftrag bekam man nicht alle Tage, und er war nicht nur einträglich, sondern auch eine willkommene Abwechslung.

Bereits um zehn vor acht stand er mit seinem Taxi vor dem Eingang des Hotels *Kempinski*. Um diese Uhrzeit waren in den Gassen der Altstadt nur Lieferwagen unterwegs.

Kökkenmöddinger nahm einen seiner Reiseführer aus dem Handschuhfach. Er würde dem Grafen heute Moritzburg näherbringen. Schließlich hatte er sich am Vortag von seinen Kollegen bereits viel von Dresden zeigen lassen.

Er stellte fest, dass das Fasanenschlösschen, im Stil des Rokoko erbaut, als Sommerresidenz von August I. genutzt worden war, und fragte sich wieder einmal, welcher dieser vielen Augusts das gewesen sein mag ... Es musste »der Gerechte« gewesen sein, denn »der Starke« hatte lange vor der Errichtung regiert. Ach, und das Fasanenschlösschen hatte bis Kriegsende den Wettinern gehört ...

Plötzlich wurde eine hintere Autotür aufgerissen.

»Das wurde aber auch Zeit! Seit einer Stunde muss ich mich schon langweilen!«, schnauzte eine zierliche alte Dame erstaunlich stimmgewaltig. Sie fuchtelte mit einem Gehstock herum und kletterte dann auf die Rückbank. »Los, los! Ich bin keine zwanzig mehr. Ich habe keine Zeit zu vertrödeln.«

»Guten Morgen.« Kökkenmöddinger schmunzelte. »Es tut mir leid, gnädige Frau, aber ich bin nicht frei. Mein Wagen ist reserviert.«

Sie zog die Tür zu. »Sie wollen eine gehbehinderte alte Frau zu Fuß gehen lassen? Das ist ja lächerlich. Los, fahren Sie!«

Kökkenmöddinger schnaufte leise. »Meine liebe Dame, es tut mir wirklich außerordentlich leid, aber wie ich schon sagte: Ich bin fest gebucht und erwarte einen Fahrgast. Ich werde Ihnen einen meiner Kollegen rufen …« Er tippte die Kurzwahl der Zentrale.

»Sagen Sie mal, haben Sie Abitur?«, fragte die alte Dame unvermittelt.

Kökkenmöddinger hielt sich das Handy ans Ohr. Bei Sarah war besetzt. »Ja, aber ich bezweifle, dass das wichtig ist.«

»Natürlich ist das wichtig«, entgegnete sie energisch. »Ich möchte wetten, dass die meisten Ihrer Kollegen kein Abitur haben. Haben Sie auch studiert?«

Kökkenmöddinger wählte erneut die Kurzwahl. »Ja, ich habe auch studiert.«

»Und warum haben Sie Ihr Studium nicht abgeschlossen?«, bohrte sie weiter.

Jetzt ging der Ruf raus, aber Sarah meldete sich nicht. Kökkenmöddinger wurde langsam ungeduldig. »Gute Frau, ich habe mein Studium abgeschlossen. Und wenn Sie es genau wissen wollen: Ich habe mein Studium mit einer Promotion abgeschlossen. Und dennoch muss ich Sie jetzt bitten, meinen Wagen zu verlassen. Ich werde Ihnen so schnell wie möglich einen Kollegen schicken lassen. Wenn Sie das unbedingt wünschen, auch einen mit Abitur.«

»Einen mit abgebrochenem Studium?« Die Dame klang beleidigt. »Vergessen Sie es! Ich nehme keinen Fahrer ohne akademischen Grad, wenn ich mit einem Doktor wie Ihnen fahren kann.«

Kökkenmöddinger schloss kurz die Augen, um sich zur Ruhe zu ermahnen.

»Ich habe Ansprüche. Und ich denke gar nicht daran, mich mit weniger zufriedenzugeben«, verkündete sie.

Als Kökkenmöddinger die Augen wieder öffnete, sah er den Grafen aus dem Hotel eilen. Er sah sich kurz um, wirkte etwas irritiert und kam dann schnurstracks auf das Taxi zu.

Kökkenmöddinger beeilte sich, auszusteigen und um das Taxi herumzulaufen, doch der Graf riss bereits die hintere Wagentür auf.

»Hier steckst du also!« Er klang empört. »Und ich warte vor deiner Suite!«

»Guten Morgen, Herr, ähm Graf von Gundermark, Sie müssen entschuldigen …« Kökkenmöddinger stutzte.

»Mutter, du hast mir einen riesigen Schrecken eingejagt.« Dann wandte er sich Kökkenmöddinger zu. »Guten Morgen. Entschuldigen Sie meine Unhöflichkeit. Darf ich Ihnen meine Frau Mutter vorstellen? Gräfin Gundula von Gundermark …«

Kökkenmöddinger deutete eine Verbeugung an.

»Sie gestatten, dass ich Platz behalte«, sagte die alte Dame spitz. »Horst, dieser Mann verweigert mir seine Dienste.«

»Nun«, warf Kökkenmöddinger ein. »Ich nehme an, dass es sich hier um ein Missverständnis handelt.«

»Aber nein.« Der Graf lächelte jovial. »Ich habe Sie für meine Frau Mutter gebucht. Ich wollte sie zu Ihnen bringen. Aber sie war schneller.«

Kökkenmöddinger grinste schief. Daher wehte also der Wind. Er war sich unschlüssig, ob er diesen Fahrgastwechsel begrüßen sollte. Er deutete erneut eine Verbeugung an. »Gnädige Frau, es ist mir ein Vergnügen. Kökkenmöddinger, mein Name.«

»DOKTOR Kökkenmöddinger«, korrigierte sie. »Das sollten Sie nicht unter den Teppich kehren, guter Mann. Kökkenmöddinger … Der Name klingt interessant. Aber er sagt mir nichts.« Sie räusperte sich. »Nachdem mein Sohn sinnlos unseren gemeinsamen Tag verzögert hat, sollten wir nicht länger herumtrödeln. Dafür bin ich zu alt.«

»Nicht doch, Mutter.«

Sie schloss die Autotür vor der Nase ihres Sohnes.

»Entschuldigen Sie bitte die Unannehmlichkeiten«, verlangte der Graf von Kökkenmöddinger. »Ich erhöhe die Tagespauschale auf tausend Euro, wenn Sie meine Frau Mutter am Abend ins Konzert oder Theater begleiten.«

Kökkenmöddinger schmunzelte. »Kein Problem.«

Die Gräfin klopfte ungeduldig von innen an die Scheibe. »Bis heute Abend.« Kökkenmöddinger stieg ein. »Nun bin ich ganz für Sie da, gnädige Frau. Wohin soll es denn gehen?«

»Das ist mir gleich«, sagte sie bestimmt. »Bieten Sie mir Kunst, Kultur, Geschichte und Geschichten.«

»Selbstverständlich.« Kökkenmöddinger ließ den Wagen an. Als er losfuhr, winkte Horst von Gundermark ihnen nach.

Als Kökkenmöddinger die Gräfin gegen Mittag aus dem Moritzburger Fasanenschlösschen führte, schimpfe sie wie ein Rohrspatz.

»Unglaublich, dass man in diesen lebensgefährlichen Filzlatschen herumschlittern muss. Und dann die lächerlichen Handschuhe! Als ob ich diesen Kitsch antatschen würde.« Sie fuchtelte mit ihrem edelhölzernen Gehstock herum. »Und das alles wegen ein paar alberner Zimmerchen. Das ist kein Schloss, das ist eine Puppenstube!«

Kökkenmöddinger lächelte. »Es heißt ja auch Schlösschen und diente der Jagdgesellschaft und sicher auch allerhand kleineren Festlichkeiten.« Er deutete auf das in der Tat kleine Gebäude. »Im Vergleich zu all dem pompösen Barock empfinde ich die exotische Innenausstattung und die Elemente des Rokoko als willkommene Abwechslung.«

»Ach was«, winkte die Gräfin ab. »Es ist mickrig. Und diese Rokoko-Dekoration ist purer Kitsch. Aber in einem Punkt hatten Sie recht: Der Blick von der Westseite auf das Moritzburger Schloss ist herrlich.«

»Wollen wir dann vielleicht doch noch das Moritzburger Schloss besuchen?«, fragte er. Schließlich war das sein ursprünglicher Plan gewesen. Doch Gräfin von Gundermark hatte sich geweigert, den langen Weg vom Taxi zum Schlosseingang zu Fuß zu absolvieren.

»Sie wissen doch, dass das nichts für mich ist. Der weite Weg, die Treppen.« Sie klang gereizt.

»Dann beschweren Sie sich nicht«, verlangte Kökkenmöddinger schmunzelnd. »Dann war das Fasanenschlösschen genau das Richtige für Sie.«

Sie blieb neben einer der Steinfiguren am Weg stehen. »Wo Sie die gerade erwähnen, diese Fasanen …«

»Wussten Sie, dass diese Tiere eigens aus Mittel- und Ostasien zu Jagdzwecken in Europa eingebürgert wurden?«, unterbrach Kökkenmöddinger sie.

»Jetzt hören Sie doch mal auf, Herr Dr. Kökkenmöddinger«, sagte sie barsch. »Ich weiß, dass Sie gut vorbereitet sind und eine umfassende Bildung besitzen.«

»Fasanen waren schon in der Antike ein Leckerbissen«, fuhr Kökkenmöddinger unbeirrt fort. Sein Magen knurrte leise.

»Genau.« Die Gräfin stützte sich auf ihren Stock. »Wenn ich an dieses Federvieh denke, bekomme ich Hunger.«

»Da sind wir uns einig.« Kökkenmöddinger lachte und wollte weitergehen, doch die Gräfin betrachtete eingehend die steinerne Figur: eine fast nackte Frau hielt einen kräftigen Engel.

»Diese Putten mag ich«, sagte die Gräfin. »Solche dicken nackten Knaben erinnern mich immer an meinen Horst. Sie müssen wissen: Horst war ein pummeliges Kind. Ein richtig strammer Bursche. Schade, dass davon so gar nichts geblieben ist.«

»Sie hätten gern einen dicken Sohn?«, fragte Kökkenmöddinger belustigt. »Warum das? Die meisten Männer im Alter Ihres Sohnes wären froh, so schlank zu sein.« Er zog unwillkürlich seinen Bauch ein.

»Ja, ich hätte gerne einen kräftigen Sohn, der etwas praktisch veranlagt ist«, erklärte die Gräfin. »Nicht so einen verhuschten Schöngeist. Der Junge hat nicht einmal eine Frau. Da macht man sich als Mutter schon seine Gedanken.«

Kökkenmöddinger spürte erneut die Forderungen seines Magens. »Kommen Sie.« Er bot ihr den Arm an.

Die Gräfin hakte sich ein. »Sie sind doch auch gebildet und kultiviert und dennoch ein stattlicher Kerl.«

»Gnädige Frau, ich stamme von den Wikingern ab. Das sind meine dänischen Gene«, sagte er grinsend. »Man kann sich seine Herkunft nicht aussuchen.«

»Papperlapapp.« Sie fuchtelte erneut mit dem Gehstock. »Man kann etwas daraus machen. Der Name Kökkenmöddinger … Ihr Name kommt mir bekannt vor. Sind Sie verwandt mit einem dänischen Adelsgeschlecht?«

»Nicht dass ich wüsste.«

»Die Wikingergeschlechter stammen immerhin aus dem Frühmittelalter«, dozierte die Gräfin eifrig. »Und wenn ich mich recht entsinne, gab es eine regierende Oberschicht, die sogenannten Jarl, aus denen später der britische Adelstitel Earl hervorging.«

»Frau Gräfin, Sie kennen sich aber gut aus.« Sie gingen direkt auf sein Taxi zu. »Vermutlich geht meine Vorfahrenlinie noch sehr viel weiter zurück. ›Kökkenmöddinger‹ ist das skandinavische Wort für prähistorische Abfallhaufen …«

»Ach?« Sie sah ihn fragend an. »Das ist ja interessant.«

Kökkenmöddinger öffnete ihr die Tür. »Wahrscheinlich bin ich Nachfahre der ersten großen Mülldynastie. Ich sollte das dringend recherchieren. Damit kann man heutzutage steinreich werden.« Er zwinkerte.

»Sie sind ein charmanter Schelm, Herr Doktor.« Die Gräfin lächelte. »Haben Sie sie denn schon gefunden, Ihre große Liebe?«

Kökkenmöddinger zuckte leicht zusammen, schloss sanft die Tür hinter der Gräfin und ging langsam um den Wagen herum. Ja, sicher hatte er seine große Liebe gefunden. Doch seine schöne Mitbewohnerin Jelena hielt ihn immer wieder auf Abstand. Er seufzte leise, als er hinter dem Lenkrad Platz nahm. Jelena hatte noch nicht wirklich zu ihm gefunden.

»Sie sind mir noch eine Antwort schuldig«, mahnte die Gräfin an. »Haben Sie Ihre wahre Liebe schon gefunden?«

Er wandte sich um. »Aber sicher, gnädige Frau.«

»Wie schön. Und wie ist sie, Ihre Auserwählte? Hat sie einen Namen?«

»Sie ist sehr weise.« Er ließ den Wagen an. »Und sie heißt … Philosophie.«

Etwa eine halbe Stunde später parkte Kökkenmöddinger das Taxi am Eingang zum Radebeuler Panoramalokal *Spitzhaus*.

»Ach herrje«, ließ sich die Gräfin vernehmen. »Ich dachte schon, Sie wollten mich entführen.«

»Selbstverständlich wollte ich das«, entgegnete Kökkenmöddinger. »Aber natürlich nicht in die Wildnis der Weinberge, sondern in ein angemessenes Lokal. Sie werden sehen, der Ausblick ist fantastisch.«

Im freundlich hellen Ambiente saßen sie kurz darauf an einem Tisch am Fenster mit Blick über das Elbtal.

Die Gräfin studierte die Speisekarte mit gerunzelter Stirn. »Hier gibt es keinen Fasan.«

»Aber hervorragende Fischgerichte.« Kökkenmöddinger deutete auf die Karte.

»Ich möchte keinen Fisch«, stellte die Gräfin klar. »Mich gelüstet es nach Fasan.«

»Nun, ich fürchte, Sie werden sich mit dem durchaus reichhaltigen Angebot zufriedengeben müssen«, sagte Kökkenmöddinger. »Es gibt auch Geflügel, Hähnchen und Ente …«

»Das ist doch nicht dasselbe.« Die Gräfin winkte nach einem der Kellner.

»Das ist es nicht, da gebe ich Ihnen recht.« Kökkenmöddinger liebäugelte mit dem Sächsischen Sauerbraten auf der Speisekarte. Die Aussicht darauf behagte ihm ebenso wie die Aussicht auf das Elbtal; und gleichermaßen wenig behagte ihm die Aussicht darauf, diesen Ort wieder verlassen zu müssen. Aber seine dunkle Ahnung sollte sich bestätigen. Das hier war nur der Anfang einer gastronomischen Odyssee.

»Besteht die Möglichkeit, mir ein Gericht zuzubereiten, das nicht auf der Karte steht?«, fragte die Gräfin den Kellner.

»Das kommt ganz auf Ihre Wünsche an, gnädige Frau«, erwiderte er.

»Fasan.« Die Gräfin klappte energisch die Speisekarte zu. »Ich wünsche ein Fasangericht.«

»Das tut mir leid, aber das ist ausgeschlossen.« Der Kellner räusperte sich. »Diesen Wunsch können wir Ihnen nicht erfüllen, mangels Fasanenfleisch.«

»Das ist bedauerlich.« Die Gräfin erhob sich. »Herr Doktor, wir gehen.«

Kökkenmöddinger warf einen letzten sehnsüchtigen Blick in die Speisekarte und dann hinunter ins Elbtal. »Wie Sie meinen, Frau Gräfin.«

Kurz darauf lenkte er das Taxi durch die Weinberge von Radebeul hinunter auf die Meißner Landstraße und überlegte fieberhaft, wo es in der Nähe ein Lokal gab, das standardmäßig Fasan im Repertoire hatte.

Kökkenmöddinger hielt am Straßenrand und griff nach seinem Smartphone.

»Was tun Sie denn da?« Die Gräfin beugte sich zu ihm vor.

»Ich werde nachsehen, wo das nächste Restaurant ist, in dem Sie ein Fasangericht bekommen können«, erklärte er.

»Aber das ist doch …« Die Gräfin schüttelte den Kopf. »Das ist doch ein Telefon.«

»Richtig.« Kökkenmöddinger fütterte die Suchmaschine mit ›Fasangericht Speisekarte Dresden‹. »Man kann damit jedoch nicht nur telefonieren, sondern auch im Internet recherchieren, E-Mails abrufen oder Nachrichten …«

»Legen Sie dieses Teufelszeug weg!«, unterbrach ihn die Gräfin energisch. »Ich hasse diese Dinger!«

»Wie bitte?« Kökkenmöddinger sah auf eine Liste mit Namen der gehobenen Dresdner Gastronomie.

»Machen Sie das aus, legen Sie es weg!«, verlangte die Gräfin. »Solange wir zusammen unterwegs sind, will ich davon nichts hören oder sehen, ist das klar?«

Kökkenmöddinger schmunzelte. »Auch, wenn Sie dann auf Fasan verzichten müssen?«

»Mein lieber Doktor Kökkenmöddinger, Sie werden doch wohl in der Lage sein, für mich einen Fasan aufzutreiben, ohne dieses Dings!«

Kökkenmöddinger steckte das Smartphone in die Tasche. »Nun gut, aber beschweren Sie sich nicht, wenn wir stundenlang im Wald auf der Lauer liegen müssen.«

»Wie bitte?«

»Außerdem müssen wir dann zunächst noch in die Unterwelt des organisierten Verbrechens eintauchen«, sagte er grinsend. »Um so ein Tier zu erlegen, brauche ich schließlich eine Waffe.«

»Ach, nun lassen Sie doch diesen Quatsch«, rief die alte Dame aus. »Wir vertrödeln hier wertvolle Zeit. Los, los, fahren Sie zu!«

»Zum Waffenhändler?«

»Nicht doch, zu einem geeigneten Restaurant!«

Kökkenmöddinger fädelte das Taxi wieder in den Verkehr Richtung Dresden ein. In der Altstadt würden sie bestimmt ein Restaurant finden, das Fasan anbot.

Ob Jelena heute Dienst hatte? Er schaltete das Autoradio ein. Einmal kurz bei Radio Elbradar Jelenas Stimme hören ... »Es ist vierzehn Uhr, die Nachrichten ...«

»Um Gottes willen«, kreischte die Gräfin auf. »Machen Sie dieses Gerät aus!«

»... handelt es sich offenbar um eine ganze Serie von Überfällen ...«

Kökkenmöddinger wandte sich kurz um. »Wie bitte? Ich werde doch wohl die Nachrichten hören dürfen.«

»Nein, nein, nein.« Die Gräfin schüttelte den Kopf. »Machen Sie das aus. Sofort!«

Kökkenmöddinger tat, wie ihm geheißen. Falls Jelena heute moderierte, musste er sowieso Nachrichten, Wetter und Verkehr abwarten.

»Sie werden sehen, Herr Dr. Kökkenmöddinger«, sagte die alte Dame gleich eine Spur freundlicher. »Es wird Ihnen guttun, diesen ganzen Quatsch nicht ertragen zu müssen. Das erhält die geistige Gesundheit. Seit Jahren meide ich Radio, Fernsehen und Zeitungen. Und sehen Sie mich an!«

Kökkenmöddinger schmunzelte hinaus auf die Straße. Er hatte bei der Gräfin nicht den Eindruck, eine alte Dame mit herausragender geistiger Gesundheit vor sich zu haben. Sie kam ihm vielmehr vor wie ein verwöhnter Trotzkopf. Aber bitte, sollte sie ihren Willen bekommen.

Seit über zwei Stunden jagten Kökkenmöddinger und die Gräfin nun Fasangerichte in der gesamten Gastronomie der Innenstadt. Inzwischen hatten sie auch alle Lokalitäten rund um die Frauenkirche vergeblich frequentiert. Bei jeder Speisekarte lief Kökkenmöddinger stärker das Wasser im Mund zusammen. Doch auf jeder dieser verlockenden Speisekarten vermisste die Gräfin ihren speziellen Wunsch. Schließlich verließen sie den Neumarkt hungrig, und Kökkenmöddinger stoppte sein Taxi am Theaterplatz vor dem *Italienischen Dörfchen.*

»Behalten Sie Platz«, sagte er leicht gereizt. »Ich werde erstmal nachfragen.«

Er ahnte bereits, dass man auch hier nicht auf den sturen Geschmack der Gräfin einzugehen vermochte. Sehnsüchtig blickte Kökkenmöddinger den duftenden Tellern nach, die das Personal servierte. Ihm selbst hätte inzwischen eine Portion Nudeln schon Befriedigung verschafft. Selbst eine Currywurst erschien ihm angesichts seines knurrenden Magens verlockend.

Seine Nachfrage bestätigte seine Ahnung. Allerdings verwies der freundliche Mitarbeiter ihn an ein anderes Lokal, bei dem er mit Sicherheit Fasan im Angebot vermutete.

Mit neuem Elan schwang sich Kökkenmöddinger hinter das Steuer. »So, jetzt haben wir das Richtige für Sie, gnädige Frau.«

»Das wird auch langsam Zeit«, erwiderte sie spitz. »Es ist doch unglaublich, dass man in solch einer Kulturstadt nicht rund um die Uhr gehobene Esskultur nach Wunsch vorfindet. Ich hätte ja noch Verständnis dafür, wenn ich Känguru oder Krokodil verlangen würde …«

»Da hätte ich auf Anhieb ein Lokal für Sie«, unterbrach Kökkenmöddinger. Würde sie jetzt womöglich angesichts der nahenden Wunscherfüllung ihre Meinung ändern?

»Aber etwas Alltägliches wie Fasan. Unfassbar.« Sie wirkte pikiert.

Kökkenmöddinger lenkte den Wagen in Richtung Bahnhof Mitte zum *Schießhaus* und hielt direkt vor dem Eingang.

»Nun drängeln Sie doch nicht so«, mokierte sich die Gräfin, als er sie mit Nachdruck in das Lokal schob.

Kökkenmöddinger ließ sich sofort die Speisekarten geben, während die Gräfin noch unschlüssig zwischen zwei freien Tischen stand. Kurzentschlossen rückte er ihr einen Stuhl zurecht, reichte ihr die Karte und nahm selbst Platz.

»Es geht doch.« Die Gräfin deutete auf die Speisekarte.

Und richtig, auf der Karte waren sogar zwei exklusiv klingende Angebote mit Fasan vermerkt.

»Schauen Sie, gnädige Frau, Sie haben die Wahl zwischen ›Fasanenbrust im Nussmantel‹ und der ›Freischützpfanne‹ mit Ente, Hirsch und auch Fasan!«

Die Gräfin wirkte zufrieden. »Die ›Freischützpfanne‹ ... Oh, mein Gott! Wie spät haben wir es?«

»Kurz nach achtzehn Uhr, Frau Gräfin.« Kökkenmöddinger war nun ebenfalls entschlossen, Fasan zu bestellen. Immerhin waren sie seit Stunden auf der Jagd danach.

»Dann schaffen wir das Essen nicht mehr«, stellte sie ungerührt fest. »Ich habe Karten für den *Freischütz*. Die Vorstellung beginnt um neunzehn Uhr.« Sie klappte die Karte zu, stand auf und wandte sich zum Gehen. »Beeilen wir uns! Wir können in der Semperoper doch nicht zu spät kommen.«

# Hunger

Kökkenmöddinger lief zwölf Stockwerke lang in dem kleinen Aufzug im Kreis. Sein Magen knurrte, sein Kopf surrte. Als sie um kurz nach zehn endlich die Oper verlassen hatten und er die Gräfin schräg gegenüber im Hotel abgeliefert hatte, war es natürlich zu spät für ein gepflegtes Abendessen gewesen.

Drei Stunden romantische Oper rund um ein Schützenfest samt mystischem Drumherum um magische Munition. Da sollte mal einer sagen, die Hochkultur verzichte auf Actioneffekte. Das war doch reines Herumballern mit Fantasyelementen und zu lauter Musik.

Und jetzt hatte selbst in seiner Lieblingspizzeria zwei Straßen weiter die Küche geschlossen. Außerdem war er so furchtbar müde, dass er schon in der Oper mehrfach eingenickt war. Zum Glück hatte ihn der Gesang immer wieder geweckt, bevor er angefangen hatte zu schnarchen.

Da, endlich seine Etage. Der Aufzug spuckte ihn in den Flur des zwölften Stocks. Er eilte zur Wohnungstür, schloss auf und zog sie leise ins Schloss. Wenn seine Mitbewohnerin morgen wieder Frühschicht beim Radio hatte, schlief sie längst.

Er schlich in die Küche und inspizierte die Inhalte des Kühlschranks. Sie waren leider sehr übersichtlich. Zum Einkaufen war er heute nicht gekommen und Jelena offenbar auch nicht. Immerhin fand er noch ein paar Eier, etwas Butter und Schinken, und im Gemüsekorb wartete noch eine einsame Zwiebel.

Kökkenmöddinger hackte die Zwiebel, während die Butter in der Pfanne dahinschmolz. Dann schnitt er den Schinken und schmorte ihn mit den Zwiebelstücken an. Er schlug die Eier dazu und rührte alles um.

Eine anstrengende Frau, diese Gräfin. Kein Wunder, dass ihr Sohn für viel Geld einen bezahlten Betreuer anheuerte. Das konnte ja eine heitere Woche werden. Kein Radio, keine Zeitung, nicht einmal ein Telefon … Hoffentlich behagte der Gnädigsten sein Kulturprogramm.

Er bugsierte das Omelett auf einen Teller und nahm damit vor dem Laptop am Esstisch Platz. Kaum hatte er gierig ein paar Happen verschlungen, hörte er die Wohnungstür. Jelena … Kökkenmöddingers Herz tat einen kleinen Hüpfer – wie immer, wenn er Jelena sah.

»Hallo!« Sie warf ihre Tasche auf den nächstbesten Stuhl. »Mal wieder am Verhungern?«

»Frag besser nicht.« Kökkenmöddinger lächelte unwillkürlich. »Ich dachte, du liegst im Bett und schläfst deiner Morgensendung entgegen.«

»Falsch gedacht.« Jelena gähnte herzhaft. »Heute nach der Morgensendung durfte ich abwandern in die Lokalnachrichten. Kollegin ist kindkrank.«

Kökkenmöddinger sah sie verdutzt an. »Kindkrank? Sie ist schwanger?«

»Nein.« Jelena ging in die Küche und kehrte mit einer Flasche Wein und zwei Gläsern zurück. »Sie ist kindkrank, das heißt, dass ihr Kind krank ist. Jedenfalls bin ich jetzt die News-Tante.« Sie füllte ein Glas und reichte es ihm.

»Gefällt dir die neue Aufgabe?« Kökkenmöddinger wartete, bis sie ihr Glas ebenfalls befüllt hatte. »*Scål*, meine Liebe.«

»Es ist mal was anderes.« Jelena nippte am Wein. »Nachteil ist natürlich, dass man ständig in den Agenturmeldungen hängt und alle halbe Stunde die Nachrichten aktualisieren muss.«

»Und was ist so los derzeit?« Auch Kökkenmöddinger nippte am Wein. »Du musst wissen, ich habe diese Woche einen exklusiven Fahrgast und darf weder Radio hören noch Zeitung lesen.

Ich bin jetzt schon auf Informationsentzug.« Er grinste. »Wie gut, dass ich dich habe …«

»Oh, es gibt eine neue Raubserie«, sagte Jelena leichthin. »Jedenfalls vermutet die Polizei das. In verschiedenen Nobelherbergen verschwindet immer wieder wertvoller Schmuck.«

Kökkenmöddinger lachte auf. »Ach Gottchen, wenn diese Welt sonst keine Probleme hat! Schmuck macht alt, nicht wertvoll.«

# Monteverdi, laut

Am Morgen erwartete Kökkenmöddinger die Gräfin schon um halb acht mit seinem Taxi vor dem Taschenbergpalais. Und das war gut so, denn sie erschien bereits kurz nach seinem Eintreffen im Hoteleingang. Er lief ihr entgegen.

»Guten Morgen, Herr Doktor, ich bin sehr erfreut«, begrüßte sie ihn. »Neben Bildung gehört offenbar auch Überpünktlichkeit zu Ihren Tugenden.«

Kökkenmöddinger schmunzelte.

»Nicht dass ich etwas anderes erwartet habe«, fuhr sie fort. »Umgangsformen sollten zwar selbstverständlich sein. Doch es gibt nur sehr wenige Menschen, die meinen Erwartungen gerecht werden.«

»Das wundert mich nicht.« Kökkenmöddinger bot ihr den Arm an. »Kommen Sie, ich habe eine Überraschung für Sie.«

Sie ergriff seinen Arm. »Nun, Überraschungen entsprechen keinesfalls meinen Erwartungen.«

»Das wiederum ist der Sinn von Überraschungen.« Kökkenmöddinger öffnete ihr die Autotür. »Nehmen Sie Platz, Frau Gräfin.«

Als er die Tür hinter ihr schließen wollte, zog die Gräfin eine CD-Hülle aus ihrer Handtasche und reichte sie ihm.

»Die ist für die Untermalung unseres heutigen Tages. Damit Sie nicht ganz und gar auf Amüsement verzichten müssen.«

Kökkenmöddinger warf einen fragenden Blick auf die Hülle. Sie war unbeschriftet und enthielt eine ebenfalls unbeschriftete CD.

»Sie müssen keine Bedenken haben«, erklärte die Gräfin. »Selbstverständlich habe ich habe die Originale käuflich erworben. Es handelt sich also keinesfalls um Raubkopien.«

»Oh, ich unterstelle Ihnen doch keine derart kriminellen Energien«, wehrte Kökkenmöddinger ab. Er schloss behutsam die Tür, lief um das Taxi herum und nahm hinter dem Lenkrad Platz. Die CD legte er auf den Beifahrersitz und startete den Wagen.

»Die CD, bitte!«, verlangte die Gräfin, als Kökkenmöddinger den Wagen zum Terrassenufer hinunterlenkte.

»Gleich, gnädige Frau«, versprach Kökkenmöddinger. »Erst müssen wir noch meine Überraschung für Sie abholen.«

»Wenn es sein muss.« Die Gräfin seufzte vernehmlich. »Aber zügig.«

Er fuhr an der Elbe entlang Richtung Schillerplatz.

»Das ist ganz entzückend«, lobte die Gräfin, als sie die drei Elbschlösser auf der gegenüberliegenden Elbseite sah. »Ist hier nicht auch irgendwo das Schloss Pillwitz, das August der Starke für seine Mätresse errichten ließ?«

»Pillnitz«, korrigierte Kökkenmöddinger. »Es ist noch weiter die Elbe hinauf. Aber Sie haben recht, es befindet sich ebenfalls auf der rechten Elbseite. Dies sind Schloss Albrechtsberg, das Lingnerschloss sowie Schloss Eckberg.«

»Sehr schön. Ich liebe Schlösser«, erklärte die Gräfin. »Also richtige Schlösser. Nicht solche Puppenstuben.«

»Da hat Dresden aber Glück, dass es Ihnen doch einiges zu bieten hat«, sagte Kökkenmöddinger lächelnd. »Ich zeige Ihnen gern alle Schlösser der Umgebung.«

»Und Burgen«, ergänzte die Gräfin. »Schlösser und Burgen und prunkvolle Kirchen. Echter Prunk, nicht so ein Rokoko-Firlefanz.«

Kökkenmöddinger grinste. »Dort vorn kommt die Loschwitzer Brücke, also das ›Blaue Wunder‹. Die ist um die Zeit meist stark frequentiert, deshalb schleichen wir uns hintenrum an.« Er setzte den Blinker und fuhr durch die Seitenstraßen.

»Charmante Häuschen.« Die Gräfin betrachtete aufmerksam die Villen, an denen sie vorbeifuhren.

Dann lenkte Kökkenmöddinger den Wagen wieder in Richtung Elbe, und sie näherten sich dem Schillerplatz von der anderen Seite. Kurz vor der Brücke bog er rechts ab und hielt vor einem schicken alten Gebäude zwischen Bankfiliale und Schillergarten. »Was tun wir hier?« Sie deutete hinunter zur Elbe. »Fahren wir etwa mit einem dieser albernen Dampfer?«

»Die Weiße Flotte hält tatsächlich auch hier in Blasewitz«, sagte Kökkenmöddinger. »Aber die wird wohl ohne Sie auskommen müssen.« Er zwinkerte ihr zu. »Ich bitte um einen kleinen Moment Geduld. Ich bin gleich wieder bei Ihnen.«

Er stieg aus und lief in das Gebäude, vor dem das Taxi stand: ein exklusiv wirkendes Seniorenstift. Hier arbeitete eine Freundin von Jelena, die ihn bereits mit einem Faltrollstuhl erwartete. Sie erläuterte ihm kurz, wie man das Gefährt auseinander- und zusammenklappte.

Wie eine Trophäe schob Kökkenmöddinger den Rollstuhl vor sich her und präsentierte ihn der Gräfin.

Sie öffnete die Tür und stieg umständlich aus. »Was wollen Sie mit diesem Ding, Herr Doktor?«

»Der ist für Sie.« Er machte eine einladende Handbewegung. »Damit sind Sie mobil. Auf langen Wegen, in großen Schlössern, Burgen …«

»Sie sind wohl nicht bei Trost mein Lieber?« Die Gräfin schlug mit ihrem edelhölzernen Stock auf den Rollstuhl.

Kökkenmöddinger ignorierte ihre Frage geflissentlich. »Nehmen Sie doch mal probehalber Platz. Sie werden sehen, dass Sie Ihre Zeit viel bequemer nutzen können.«

»Ich setze mich doch nicht in dieses Ding!«, rief sie empört. »Stellen Sie das weg, bevor uns noch jemand damit sieht!«

Kökkenmöddinger faltete den Rollstuhl zusammen und verstaute ihn im Kofferraum. Mit säuerlicher Miene setzte die Gräfin sich wieder in den Wagen und zog energisch ihren Stock an sich.

»Was halten Sie von einem Ausflug nach Meißen, gnädige Frau?«

»Pillwitz«, sagte sie mit Nachdruck. »Ich will nach Pillwitz.«

»Sehr gern.« Kökkenmöddinger schloss schmunzelnd ihre Tür und klemmte sich wieder hinters Steuer.

Als er den Wagen wendete, bemerkte er im Rückspiegel eine bekannte Gestalt. Horst von Gundermark verließ – in Begleitung einer attraktiven Brünetten – ebenjenes exklusiv wirkende Seniorenstift. »Frau Gräfin, dort ist Ihr Sohn.«

»Phh«, machte die alte Dame. »Fahren Sie endlich los!«

»Jawohl.« Kökkenmöddinger schnaufte leise. Die Gräfin benahm sich wirklich manchmal wie eine verzogene Göre.

Er fädelte sich vor der Loschwitzer Brücke in den Verkehr ein und musste an der roten Ampel warten. »Das ist übrigens das ›Blaue Wunder‹.«

»Diese Brücke ist ja gar nicht blau«, motzte die Gräfin. »Machen Sie endlich meine CD an.«

»Jawohl.« Kökkenmöddinger schnaufte erneut. Er legte die CD ein. Trommelwirbel erklang, es folgten Bläser, dann zirpten Geigen, Mandolinen und Flöten, um schließlich alle Instrumente in einer Ouvertüre lautstark zu vereinen.

»Lauter!«, verlangte die Gräfin.

Kökkenmöddinger tat, wie ihm geheißen. Eine Frauenstimme brüllte auf, und er zuckte zusammen.

Als sie eine Dreiviertelstunde später in Pillnitz ankamen, dröhnte Kökkenmöddinger der Schädel. Die von der Gräfin bevorzugte frühbarocke Musik war auf die Dauer anstrengend. Er hatte nichts gegen Klassik. Die war ihm sogar weitaus lieber als Pop oder gar Schlager.

Aber Musik von Monteverdi in voller Lautstärke drückte ihm mit der Zeit auf Nerven und Gemüt. Kökkenmöddinger hätte viel lieber zwischendurch einmal Jelenas Stimme gehört. Er seufzte laut.

»Schön, nicht war?«, rief die Gräfin. »Wussten Sie, dass Monteverdi mindestens achtzehn Opern komponiert hat?«

»Nein, offen gestanden, weiß ich gar nichts über Monteverdi, außer dass er Italiener war«, gab Kökkenmöddinger zu. Achtzehn Opern ... Ob er sich die nun alle in voller Lautstärke mit ihr anhören musste? Er schnaufte. »So, wir erreichen nun Pillnitz, gnädige Frau.«

Doch die Gräfin hatte die Augen geschlossen und lächelte beseelt vor sich hin. Vermutlich wäre sie lieber lauschend weitergefahren. Aber Kökkenmöddinger würde ihr diesen Wunsch gewiss nicht erfüllen. Er brauchte eine Pause von all den Pauken, Trompeten und tragenden Stimmen. Also lenkte er den Wagen auf den Parkplatz vor das Schlosshotel. Zum Glück war es heute nicht so voll wie an den Wochenenden.

»Wir sind da.« Kökkenmöddinger stellte den Motor ab.

Die Gräfin lauschte mit geschlossenen Augen der Musik und reagierte nicht.

»Frau Gräfin?« Er wandte sich um. Schlief die alte Dame?

Er stellte die Musik aus. Sie verharrte in ihrer Haltung. Sie war doch wohl nicht ... Kökkenmöddinger betrachtete das Dekolleté der alten Dame aufmerksam. Sie trug eine auffallend große edelsteinbesetzte Halskette, die sicherlich ein Vermögen kostete. Und erfreulicherweise hob und senkten sich die Klunker mit ihrem Atem. Nun, wenn die alte Dame so friedlich schlief, würde er die Zeit nutzen, um in Ruhe einen Blick auf sein Smartphone zu werfen. Da, Jelena hatte eine Nachricht geschickt ...

»So, mein lieber Doktor, dann wollen wir mal«, tönte es energisch vom Rücksitz. »Und legen Sie dieses Teufelsspielzeug weg.« Sie öffnete die Autotür und kletterte hinaus. »Das Wetter ist so herrlich. Lassen Sie uns spazieren gehen!«

Kökkenmöddinger brummte noch immer der Schädel. Immerhin schien allerdings die Gräfin einmal guter Stimmung zu sein.

Schnell ließ er das Smartphone in der Tasche verschwinden und stieg aus. Er wollte gerade den Kofferraum öffnen, als ihr Stock unsanft seine Hand traf.

»Wagen Sie es nicht, dieses Ding da herauszuholen!«

»Aber der Schlosspark ist recht weitläufig«, erklärte Kökkenmöddinger. »Wir könnten den Rollstuhl doch mitnehmen, falls Ihnen das Gehen irgendwann schwerfällt.«

»Nein.« Die Augen der Gräfin blitzten auf. Ihre Haltung duldete keinen Widerspruch.

Also beugte sich Kökkenmöddinger ihrem Willen. Was sollte er auch sonst tun? Immerhin bekam er etwas Ruhe und frische Luft. Man musste den kleinen Dingen des Tages positiv begegnen.

»Sehr putzig, dieser Park.« Die Gräfin atmete schwer.

Kökkenmöddinger konnte es nicht gut mit ansehen, wie sie immer stärker humpelte und sich sichtlich über die kleinen Wege quälte. Aber sie war zu eitel und verbohrt, um sich helfen zu lassen.

»Wollen wir uns nicht einen Moment auf die Bank setzen?«, schlug er vor. »Von hier aus haben Sie einen schönen Blick auf die Kamelie.«

»Sie meinen den dicken Busch dort drüben?« Sie ließ sich tatsächlich auf der Bank nieder.

»Dieser Busch ist eine ganz besondere Pflanze und bereits über zweihundert Jahre alt.« Kökkenmöddinger setzte sich neben die Gräfin. »Der Legende nach kam die Kamelie Ende des 18. Jahrhunderts nach Dresden. Ein schwedischer Botaniker soll vier Pflanzen von einer Japanreise mitgebracht und an verschiedene europäische Höfe gegeben haben. Allerdings ist die Dresdner

Kamelie wohl der einzige überlebende ›Ableger‹.« Er deutete auf das fahrbare Glashaus, das um diese Jahreszeit geöffnet war. »Man hat sie von Anfang an in den Wintermonaten gegen die Kälte geschützt. Erst durch einen Holzbau, und seit Anfang der neunziger Jahre hat sie diesen mobilen Glaskasten, der nur in den Frühjahrs- und Sommermonaten geöffnet wird.«

»Sehr interessant.« Die Gräfin räusperte sich. »Eine exotische Pflanze in einem Gewächshaus.«

»Weiter hinten steht übrigens noch das Palmenhaus«, erklärte Kökkenmöddinger. »Ein großes Haus, das bereits mehr als hundertundfünfzig Jahre alt ist.«

Die Gräfin gähnte hinter vorgehaltener Hand. »Meine Güte, noch ein Gewächshaus …« Sie schloss die Augen.

Kökkenmöddinger runzelte die Stirn.

»Ist hier noch frei?« Zwei Damen näherten sich der Bank.

»Natürlich.« Er nickte. »Bitte, setzen Sie sich.«

»Also, wenn ich hier Tourist wäre, ich würde keinen Moment länger in einem dieser schicken Hotels bleiben«, sagte die eine zur anderen. »Man ist dort ja seines Lebens nicht mehr sicher.«

»Sag das lieber nicht so laut«, erwiderte die andere. »Dresden braucht doch die Touristen. Die bringen Geld.«

»Nicht mehr lange, wenn das so weitergeht.« Die Erste schüttelte den Kopf. »Es ist doch unmöglich, wenn man sie nicht gegen diese Verbrecher schützen kann.«

»Natürlich hätte ich auch Angst. Der Imageschaden ist erheblich«, meinte die andere. »Aber die teuren Klunker sind doch bestimmt versichert.«

»Da hast du wohl recht. Wenn der Schmuck aber so wertvoll und versichert ist, dann können diese Gangster doch sicher gar nichts damit anfangen, oder?«

»Man vermutet wohl Banden im großen Stil dahinter.« Die andere zuckte die Achseln.

»Entschuldigen Sie bitte, wenn ich mich einmische«, sagte Kökkenmöddinger, der aufmerksam zugehört hatte. »Sprechen Sie von dieser Schmuckraubserie?«

»Genau. Dreist sind sie, diese Banditen!« Die Dame klang empört.

»Ich finde die irgendwie sympathisch«, erklärte die andere. »Sie berauben ja nur Leute, die sowieso mehr als genug haben.«

»Trotzdem«, warf ihre Bekannte ein. »Die Polizei sprach von organisiertem Verbrechen ...«

»Herr Doktor!« Die Gräfin stand plötzlich vor Kökkenmöddinger. »Wir gehen.« Sie nickte den beiden fremden Frauen zu. »Jetzt sofort. Tratsch ist mir zuwider.«

# Komplett gebucht?

Auf dem Rückweg von der Burg Stolpen war sich Kökkenmöddinger sicher, bereits bei der achtzehnten Oper von Monteverdi angekommen zu sein. Nebenbei meckerte die Gräfin munter über Schloss Pillnitz und die Restauration der Gebäude nach dem Brand im 19. Jahrhundert. Himmel, dann hatte das Schloss eben nicht mehr die Aura eines August des Starken! Es konnte doch niemand etwas dafür, dass das Original von damals abgebrannt war …

»Aber in Stolpen spürt man die Seele der unglücklichen Gräfin Cosel«, rief sie von der Rückbank.

Kökkenmöddinger wagte nicht mehr, die Musik wegen einer Unterhaltung leiser zu stellen. Das hatte auf dem Weg nach Stolpen einen adeligen Wutanfall hervorgerufen, den er nicht noch einmal erleben wollte. Sollte die exzentrische alte Dame ihren Willen bekommen. So konnte er zumindest nichts Falsches sagen, zumindest nichts, das sie akustisch vollständig erreichen würde.

»Nun ja, sie war eine Mätresse«, sagte Kökkenmöddinger. »Ich glaube kaum, dass das ein angenehmes Dasein ist.«

Die Gräfin lachte auf. »Sind Sie etwa prüde, lieber Doktor? Damals war man nicht so spießig!«

Kökkenmöddinger seufzte. Das wollte er nun wirklich nicht mit der Gräfin diskutieren. Einmal kurz Jelenas Stimme hören … Das wäre es gewesen. Stattdessen jaulten irgendwelche Arien durch sein Taxi.

Vor Pillnitz trat Kökkenmöddinger in die Bremsen. Na toll! Jetzt würden sie auch noch im Stau stehen, statt so schnell wie möglich das Abendprogramm zu absolvieren und endlich ein bisschen Ruhe zu genießen.

Entschlossen drehte er den Ton leiser. »Gnädige Frau, es tut mir leid, aber mir dröhnen die Ohren.«

»Nun seien Sie mal nicht so empfindlich«, verlangte die Gräfin. »Für die gebuchte Zeit gehören Sie mir. Auch Ihre Ohren!«

Kökkenmöddinger ermahnte sich zur Ruhe, lenkte den Wagen rechts an den Straßenrand, löste den Sicherheitsgurt und öffnete die Fahrertür.

»Wohin gehen Sie?«, fragte die Gräfin. »Sie können doch hier nicht aussteigen!«

»Ich gehe zur Toilette«, erklärte Kökkenmöddinger gereizt. »Und bevor Sie auch nur darüber nachdenken: Gewisse Körperteile von mir sind nun mal nicht buchbar.« Er klang schroffer als beabsichtigt, aber diese Gräfin reizte selbst sein gelassenes Gemüt aufs äußerste.

Er stieg aus und trollte sich in die Büsche. Er ließ sich Zeit, zückte dann sein Smartphone, das ihm eine Nachricht von Jelena übermittelte: »Wann bist du zu Hause? Ich muss unbedingt mit dir reden!« Kökkenmöddinger lächelte. Das war doch ein Grund, sich schnell mit der Gräfin zum Abendessen zu begeben.

Als er zum Taxi zurückkehrte, schien die Gräfin zu schmollen.

»Geht es denn nun endlich mal weiter?«

»Sicher, gnädige Frau!« Kökkenmöddinger ließ den Wagen an und drehte die Musik lauter. Er wollte so schnell wie irgend möglich nach Hause.

Am Abendessen auf Schloss Eckberg hatte die Gräfin ausnahmsweise nichts auszusetzen gehabt. Zu Jakobsmuscheln und gebratenem Schollenfilet hatte sie ohne mit der Wimper zu zucken eine ganze Flasche Riesling getrunken. Erstaunlich reibungslos hatte der Abend seinen Anfang genommen. Doch mit dem anschließenden Besuch im Theater waren die Launen der gnädigen Frau wieder Achterbahn gefahren. Kökkenmöddinger hatte für ihr vernichtendes Urteil sogar Verständnis gehabt. Die Inszenierung war wirklich nicht besonders originell gewesen, und auch er hatte sich von Anfang an gelangweilt. Aber war das ein Grund, mitten im laufenden Stück demonstrativ den Zuschauerraum zu verlassen? Die zehn Minuten bis zur Pause hätte man noch getrost vor sich hin dösen können. Außerdem hatte sie ihn behandelt, als habe er höchstpersönlich die lahme Inszenierung eigens für sie verbrochen.

»Mein lieber Herr Doktor, morgen erwarte ich allerdings ein Tagesprogramm, bei dem Sie mir etwas mehr bieten!« Mit diesen Worten hatte sie sich in ihr Hotel zurückgezogen und ihn endlich in den Feierabend entlassen.

Lustlos forschte Kökkenmöddinger nun im Kühlschrank nach einem kalorienreichen Seelentröster. Dann griff er doch lieber nach der angebrochenen Flasche Rotwein, die noch in der Küche stand, und schenkte sich ein Glas ein. Als er den Schlüssel im Schloss der Wohnungstür hörte, holte er ein weiteres Glas aus dem Schrank und füllte es mit Wein.

»Puh …« Jelena ließ sich stöhnend im Wohnzimmer auf die Couch sinken, und Kökkenmöddinger reichte ihr ein Glas.

»Wie war dein Tag?«, fragte er.

»Perfekt.« Sie griff zum Glas und prostete ihm zu. »Ich hatte es mir langweiliger vorgestellt in der Nachrichtenredaktion. Diese Räuberbande sorgt echt für Abwechslung.« Sie grinste. »Stell dir vor, in der vergangenen Nacht haben sie in drei verschiedenen Hotels zugeschlagen. Und noch immer gibt es keine Spur, nicht einmal einen vagen Hinweis.«

»Du findest das irgendwie romantisch, habe ich recht?«, fragte Kökkenmöddinger.

Jelena nickte lachend. »Ja, das hat etwas …«

»Aber es geht um ein Verbrechen.« Er schnaufte. »Außerdem brechen sie ein, versetzen Menschen damit von vornherein in Angst und Schrecken …«

»Du bist aber mies drauf«, stellte Jelena fest. »Sie sind bisher keinem Menschen begegnet und haben auch niemanden bedroht. Außerdem klauen sie Klunker, die die Welt nicht braucht. Und die Opfer sind zudem hoch versichert. Bei den meisten Dresdnern genießt die Schmuckbande viel Sympathie.«

»Bis irgendwann die Touristen die Nobelhotels meiden, um nicht beklaut zu werden«, warf Kökkenmöddinger ein. »Ich nehme an, ein Großteil der Gäste ist aufgrund dieser Vorfälle frühzeitig abgereist.« Er wusste nicht, worüber er sich so ärgerte. Ihm konnten im Moment ja kaum die Fahrgäste fehlen. Wahrscheinlich ärgerte er sich am meisten darüber, dass er von alledem so wenig mitbekam. Und dass Jelena Feuer und Flamme für die Räuber zu sein schien. »Du hast zu viel Robin Hood gelesen und meinst, da steigt irgendwo ein Typ in Strumpfhosen in Suiten ein und beklaut die Reichen, um den Armen zu helfen.«

»Das wäre natürlich der Clou.« Jelenas Augen funkelten. »Hattest du denn noch nie Lust, so etwas zu tun?«

»Nein.« Er nahm einen Schluck Wein. »Außerdem werden sie diese Klunker wohl kaum in nächster Zeit zu Geld machen können, ohne aufzufliegen.« Er dachte an die Gräfin von Gundermark und verzog das Gesicht. »Ich bin übrigens mehr denn je der Meinung, dass dicke Klunker an den Hälsen gewisser Damen einen nur davon abhalten sollen, ihnen den Hals – den sie ohnehin nicht voll genug kriegen können – umzudrehen.«

Jelena grinste. »Genau das meine ich. Du bist einer von den Guten.« Sie streichelte ihm über den Kopf.

Kökkenmöddinger wurde es ganz warm um Herz und Hirn. Dann entspannte er sich wieder. Ob er doch noch eine echte Chance bei Jelena hatte …?

»Hast du«, sagte Jelena. »Du bist doch mein Held der Straße.«

Kökkenmöddinger zuckte ertappt zusammen. Konnte sie seine Gedanken lesen? »Was habe ich?«

»Den richtigen Riecher. Hörst du mir nicht zu?« Sie schüttelte den Kopf. »Wie läuft es denn mit deiner alten Schachtel?«

»Gräfin bitte.« Kökkenmöddinger seufzte. »Aber du hast recht, sie ist eine komische alte Schachtel. Eine … wie sagt man? … Schreckschachtel?«

»Schreckschraube«, korrigierte Jelena lachend. »Die hält dich wohl auf Trab, was?«

»Das kann man wohl sagen.« Kökkenmöddinger nahm noch einen Schluck Wein. »Man kann ihr nichts wirklich recht machen. Ein Schloss ist zu klein, das andere zu neu … Und dann diese Musik, die ununterbrochen in voller Lautstärke dudeln muss!«

»Was denn für Musik?«, fragte Jelena.

»Barockmusikterror. Eine Oper jagt die nächste.« Kökkenmöddinger schenkte Wein nach. »Außerdem will diese Frau immer alles andere als das, was man ihr bietet. Was sie aber will, das muss man erraten, erahnen …«

»Das ist doch nicht ungewöhnlich, sondern einfach nur typisch Frau.« Jelena kicherte.

»Ihr Verhalten ähnelt eher einem verzogenen Adelsfratz«, stieß Kökkenmöddinger hervor. »Jetzt soll ich mir etwas Besonderes einfallen lassen …«

»Ich habe eine Idee!« Jelena setzte sich aufrecht hin. »Heute habe ich mit einer ehemaligen Kollegin telefoniert. Sie schreibt inzwischen für diverse Zeitschriften, die über die Adelshäuser tratschen, und erwähnte nebenbei, dass sich diese Clique für nichts interessiert als für sich selbst. Die Snobs interessieren sich nur für die anderen Adligen.«

»Du meinst, ich sollte ihr irgendwelche Hochwohlgeborenen oder deren Nachfahren präsentieren?«

»Nein, das nicht«, winkte Jelena ab. »Aber du könntest mit ihr doch die Wettiner und die historischen Schauplätze abklappern. Ich möchte wetten, da steht sie drauf!«

Kökkenmöddinger überlegte. »Da könnte etwas dran sein. So, wie sie auf Barock, August den Starken und Gräfin Cosel reagiert hat.«

»Na also.« Jelena nickte. »Dann karre sie doch nach Meißen, Freiberg und so weiter. Da stapeln sich albertinische Kurfürsten doch seit Jahrhunderten.«

Kökkenmöddinger seufzte. »Mich bringen ja schon die drei Augusts historisch aus dem Konzept.«

»Davor gab es doch auch schon eine Menge … Erlauchte, Bärtige.« Jelena sprang auf. »Ich habe da noch irgendwo ein Buch.«

Sie lief in ihr Zimmer, und Kökkenmöddinger sah ihr nach. Jelena überraschte ihn immer wieder. Er hatte bisher nicht gewusst, dass sie sich für Geschichte interessierte.

Kurz darauf kehrte sie mit zwei dicken gebundenen Büchern zurück.

»Hier, lies das«, sagte sie. »Ich verschwinde dann mal ins Bett.«

Kökkenmöddinger wog die Bücher in der Hand und schnaufte. Er hätte die Nacht sehr viel lieber mit Jelena verbracht als mit den alten Wettinern.

# Mit dem Sound des Sonnenkönigs

Heute hatte Kökkenmöddinger sich schon vor sieben Uhr auf den Weg gemacht, um sich ein Frühstück mit Zeitungslektüre in einer Bäckerei zu gönnen. Fast genussvoll griff er zur Zeitung. Er hätte nicht gedacht, dass ihm diese Schmierblätter mit den nie wirklich eingelösten Informationsversprechen mal so fehlen würden. Kökkenmöddinger schmunzelte. Wahrscheinlich löste die Gräfin mit ihrem trotzigen Verhalten nun bei ihm schon kindliche Impulse aus, so dass allein ein Verbot schon seine Lust auf Medienkonsum entfachte.

Die Schmuckraube der vergangenen Nächte waren weiterhin Thema. Angeblich waren bereits Werte in Millionenhöhe erbeutet worden. »Die Bande scheint weder durch Sicherheitsschlösser noch Alarmanlagen zu stoppen …« Nun plane man, in den Hotels zusätzliche Sicherheitsdienste einzusetzen. »Wir haben zwar Safes in allen Zimmern«, wurde ein Hotelier zitiert. »Wir raten unseren Gästen jedoch, ihre Wertsachen im großen Safe der Direktion zu deponieren.« Und ein Vertreter der Stadt beklagte den »enorm hohen Imageschaden«, den die Landeshauptstadt durch solch kriminelle Machenschaften davontrage. »Es geht hier nicht nur um unersetzbare persönliche Werte. Es geht vor allem um das Sicherheitsgefühl unserer Gäste. Wie soll man sich in einer Stadt wohl fühlen, wenn …«

Kökkenmöddinger legte ein wenig enttäuscht die Zeitung zur Seite. Das kannte er alles von Jelena und aus den Online-Meldungen. Er lehrte seine Kaffeetasse und schob sich das letzte Stück Croissant in den Mund. Die Zeitungen ließ er liegen, bezahlte beim Hinausgehen und stieg in sein Taxi, um langsam in Richtung Altstadt zu fahren. Er schaltete Radio Elbradar ein und achtete sorgfältig auf eine geringe Lautstärke. Belanglose Musik dudelte ihm um die Ohren, und er hätte tatsächlich vor dem heutigen Adelsausflug die Stille genossen. Doch die Nachrichten mit Jelenas Stimme wollte er keinesfalls verpassen, bevor er wieder dem strengen Kommando der gnadenlosen Gräfin unterstand.

»Es ist sieben Uhr dreißig, halb acht in Dresden, die Lokalnachrichten.« Dann ertönte ein Jingle und Jelena begann zu sprechen. Sie klang streng und neutral, ganz anders als sonst, wenn sie als Moderatorin durch die Sendungen führte.

»Nach den zahlreichen Hoteleinbrüchen, die Dresden seit dem Wochenende in Atem halten, geht die Polizei inzwischen davon aus, dass es sich um eine Bande von Schmuckräubern handelt. In der vergangenen Nacht gelang den Räubern ein besonders spektakulärer Einbruch ...«

Kökkenmöddinger hielt vor dem Taschenbergpalais. Die Gräfin stand im Eingang des Hotels und kam nun hinkend auf den Wagen zu.

» ... drangen die Täter in die oberste Etage ein. Dazu ein Sprecher der Polizei: ›Offenbar müssen die Räuber an der Fassade hochgeklettert und über eine Lüftungsluke im Dach eingestiegen sein. Die Spurensicherung ...‹«

In diesem Moment riss die Gräfin die hintere Tür auf und Kökkenmöddinger zuckte zusammen.

»... verfügen ganz offensichtlich über besondere artistische Fähigkeiten. Das schränkt den Täterkreis ...«

»Machen Sie den Teufelsapparat aus!«, schnauzte die Gräfin.

Kökkenmöddinger tat wie verlangt. »Entschuldigen Sie.« Er stieg aus und eilte um sein Taxi herum, um der Gräfin behilflich zu sein.

»Sehen Sie, was dieses Radio mit Ihnen macht?«, fragte die Gräfin. »Sie vergessen schon fast Ihre Manieren!«

»Mir ging es mehr um die Stimme«, erklärte er. »Die Nachrichtensprecherin ist meine, ähm, ich meine, eine Freundin.«

»Soso.« Die alte Dame musterte ihn von oben bis unten. »Was will jemand wie Sie denn mit einer Frau, die nur Text vorlesen kann? Vermutlich ist sie nicht einmal hübsch, wenn man sie im Radio versteckt ...«

Kökkenmöddinger runzelte die Stirn. Er war versucht, Jelena gegen diesen indirekten Angriff zu verteidigen, besann sich jedoch eines Besseren. Die Gräfin hatte im Grunde nur ein einziges Problem: Sie wollte immer und überall die volle Aufmerksamkeit für sich beanspruchen. Die konnte sie haben; schließlich wurde er dafür bezahlt.

»Wie Sie meinen, Frau Gräfin.« Kökkenmöddinger grinste schief und schloss die Tür hinter ihr.

Kaum saß er wieder hinter dem Steuer, tippte die alte Dame ihm auf die Schulter.

»Unsere musikalische Untermalung für heute.« Sie hielt ihm eine CD hin.

Kökkenmöddinger seufzte leise. »Die nächsten acht Opern von Monteverdi?«

»Lully.« Sie räusperte sich. »Jean-Baptiste Lully. Ein recht gefälliger Franzose aus dem 17. Jahrhundert. Er war Komponist und Tänzer am Hofe Ludwigs des XIV.«

»Na dann.« Kökkenmöddinger verstaute die Monteverdi-Opern in der dazugehörigen Hülle und platzierte den Franzosen abspielbereit. Lully? Den Namen hatte er noch nie gehört.

»Es ist ebenfalls Barockmusik«, erläuterte die Gräfin. »Lully markiert den Übergang vom Früh- zum Hochbarock.«

»Warum hören Sie eigentlich nicht Bach, wenn Sie Barockmusik so lieben?«, fragte Kökkenmöddinger. »Johann Sebastian Bach hat außerdem noch hier in Sachsen gewirkt. Das wäre doch viel passender.«

»Wenn Sie das so sagen …« Die Gräfin schien zu überlegen. »Sie haben ganz recht. Morgen werden wir Bach hören. Aber jetzt will ich …«

»Ja, ja«, unterbrach Kökkenmöddinger, stellte die Musik an und drehte auf volle Lautstärke.

»Wie finden Sie die Musik von Lully?«, rief die Gräfin, als sie Meißen erreichten.

»Majestätisch.« Kökkenmöddinger lenkte den Wagen über die Brücke auf die Altstadt zu. »Wie finden Sie die Albrechtsburg und den Dom dort oben?«

»Ebenfalls majestätisch«, antwortete sie. »Dort will ich hin.«

Kökkenmöddinger lächelte. Offenbar hatte Jelena mit dem Wettiner-Thema recht gehabt. Und Lullys Sound für den französischen Sonnenkönig passte erstaunlich gut zum kurfürstlich barocken Sachsen. In der Nacht hatte er gelesen, dass August der Starke nicht nur als ›Sonnenkönig Sachsens‹ bezeichnet wurde, sondern als jugendlicher Prinz tatsächlich auch Kontakt zum Hof von Versailles gehabt hatte.

Kökkenmöddinger fuhr mit Schrittgeschwindigkeit durch die engen Gassen der Meißner Altstadt. Selbst an einem Werktag wie heute schienen eine Menge Touristen unterwegs zu sein. Er musste sich sehr langsam und vorsichtig den Weg zum Eingangsportal des Burgberges bahnen.

»Hübsch«, kommentierte die Gräfin, als er nun auf dem Vorplatz hielt. »Durchaus hübsch.«

Kökkenmöddinger atmete auf.

Die Gräfin stieg aus und sah sich um.

Als Kökkenmöddinger ihr kurz darauf den Arm anbot, meinte sie:

»Vielleicht ein bisschen verbaut. Wo ist denn hier nun was? Das ist aber sehr unübersichtlich.«

Kökkenmöddinger seufzte leise. »Also, der Dom ist unverkennbar, möchte ich meinen.«

»Ich will in die Burg.« Die Gräfin setzte ihren Stock mit Nachdruck auf das holprige Pflaster.

»Natürlich.« Kökkenmöddinger zog sie sanft nach links. »Dann hier entlang, bitte.«

Sie gingen am Dom vorbei zum Eingang der Albrechtsburg.

»Sie tragen heute wieder sehr interessanten Schmuck«, plauderte Kökkenmöddinger. Denn tatsächlich trug seine adlige Anvertraute erneut eine Kette mit auffallendem Anhänger und passenden Ohrgehängen. »Sind das Erbstücke?«

»Selbstverständlich«, sagte die Gräfin. »Ich habe zwar einiges zeitgemäß umarbeiten lassen, doch unser Familienschmuck überdauert schon Generationen.«

»Dann passen Sie gut darauf auf.« Kökkenmöddinger hielt ihr die Tür auf. »In Dresden sind derzeit gewiefte Schmuckräuber unterwegs und haben schon in einigen Hotels Beute gemacht.«

»Das haben Sie doch aus solchen Schundblättern oder dem Fernsehen, mein lieber Herr Doktor.« Sie durchschritt hocherhobenen Hauptes die Tür. »Das ist doch alberne Sensationsmache. Völlig überflüssig.«

»Ich wollte Sie nur gewarnt haben.« Kökkenmöddinger schmunzelte.

»Wenn die Leute so dumm sind, sich diesen Medienquatsch anzutun, um sich dann zu ängstigen, sind sie selbst schuld.« Die Gräfin bezahlte den Eintritt.

»Dort drüben geht es zum Aufzug«, erklärte die Kassiererin freundlich. »Wenn Sie möchten, können Sie auch einen Rollstuhl …«

»Wenn ich etwas möchte, kann ich das durchaus artikulieren«, unterbrach die Gräfin sie. »Kommen Sie, Doktor Kökkenmöddinger.«

Er folgte der hinkenden Gräfin zum Aufzug. Dort angekommen, hob sie ihren edelhölzernen Stock und drückte mit der Spitze auf den Knopf.

Kökkenmöddinger schmunzelte. »Wissen Sie, dass die Albrechtsburg schon früh über ein ausgeklügeltes Toilettensystem verfügte?«

»Nein.« Sie verzog das Gesicht. »Wo bleibt denn nur dieser Aufzug?« Sie hob erneut den Stock und hieb mit der Spitze auf den Knopf ein.

»Es gab Abortschächte über alle Etagen bis hinunter in den Keller«, erklärte Kökkenmöddinger unverdrossen.

»Ich finde das nicht besonders interessant«, gab sie zum Besten.

»Deshalb konnte man problemlos den Aufzug einbauen«, fuhr Kökkenmöddinger fort. »Man hat ihn einfach in einen der Abortschächte eingebaut.«

Mit einem »Pling« öffnete sich die Aufzugtür.

Die Gräfin sah hinein, warf dann einen Blick nach oben und wandte sich zum Gehen. »Das ist ja unappetitlich. Wir nehmen die Treppe.«

Kökkenmöddinger folgte ihr, als sie nun langsam, Stufe für Stufe, die steinerne Wendeltreppe bis ins erste Obergeschoss erklomm. Dort angekommen, standen einige Besucher mit Telefon am Ohr vor den Gemälden und Vitrinen.

Die Gräfin sah sich um. »Müssen die Menschen überall mit diesem Teufelszeug hantieren? Selbst in einem Museum?«

Kökkenmöddinger zuckte die Achseln. Dann war klar, was hier vor sich ging. »Die nutzen den Audioguide des Schlosses?«

»Den was?«, rief die Gräfin.

Eine Museumsmitarbeiterin eilte herbei. »Psst, bitte Ruhe.«

»Ich bitte Sie«, entgegnete Gundula von Gundermark. »Die Leute stehen hier herum und telefonieren, und wir dürfen uns nicht unterhalten?«

»Schon gut«, ging Kökkenmöddinger dazwischen. »Kommen Sie, gnädige Frau, wir sehen uns die Große Hofstube an, da sind Sie in angemessener Gesellschaft.« Er zwinkerte der Museumskraft zu und zog die Gräfin mit sich in einen verglasten Vorraum voller großer Filzpantoffeln. »Anziehen!«, kommandierte er.

»Jetzt geht das wieder los«, nörgelte die Gräfin und schlüpfte in ein Paar übergroße Pantoffeln. »Ich hoffe, wir müssen nicht auch noch Handschuhe tragen wie in diesem Fasanen-Puppenstübchen.«

Kökkenmöddinger entschied, nicht näher darauf einzugehen, schon um nicht weitere kulinarische Begehrlichkeiten zu wecken.

Als er in den riesigen Pantoffeln durch den Saal schlurfte, wurde ihm etwas schwindlig. Er hatte in der Nacht so viel über die Wettiner gelesen, dass angesichts der lebensgroßen Figuren all die Markgrafen, Herzoge und Kurfürsten unsortiert durch sein Gedächtnis sausten. Dankbar orientierte er sich an den Beschriftungen der großen Holzfiguren. Da waren der Burggründer König Heinrich I., dann die ersten Wettiner, die Markgrafen Konrad der Große und Heinrich der Erlauchte … Und hier der erste Kurfürst: Friedrich der Streitbare. Apropos, wo war eigentlich seine zickige Adlige?

»Frau Gräfin?« Kökkenmöddinger sah sich um.

Sie schlitterte in ihren Pantoffeln über das blankgebohnerte Parkett und kam vor Albrecht dem Beherzten zum Stehen. Einen Moment lang fürchtete Kökkenmöddinger, sie würde sich an seinen Sockel klammern, aber offenbar hielt sie das Gleichgewicht. Er eilte zu ihr hinüber.

»Vorsicht, Frau Gräfin!«, entfuhr es ihm.

Doch sie winkte ab. »Albrecht, der Stammvater der albertinischen Linie.« Ein Lächeln huschte über ihr Gesicht.

»Genau, nach ihm wurde das Residenzschloss – es war übrigens das erste in Deutschland – später in ›Albrechtsburg‹ umbenannt«, kramte Kökkenmöddinger aus seinem Gedächtnis hervor. »Er hatte gemeinsam mit seinem Bruder, dem Kurfürsten Ernst von Sachsen, im 15. Jahrhundert den Bau des Residenzschlosses in Auftrag gegeben.«

Kökkenmöddinger bot der Gräfin den Arm an und führte sie vorsichtig über das glatte Parkett durch den Saal vorbei an Georg dem Bärtigen und dem Kurfürsten Johann Georg II. Er riskierte keine weiteren Erläuterungen zu den Wettinern – zu frisch und notgedrungen oberflächlich waren seine Recherchen bislang –, sondern konzentrierte sich lieber auf den Burgbau. Da würde er in den weiteren Sälen museale Unterstützung erhalten.

»Der Kurfürst und der Herzog haben damals Arnold von Westfalen mit dem Bau des Schlosses beauftragt«, dozierte er, während er sie aus der Großen Hofstube zurück zu der Pantoffelsammlung geleitete.

Sie machte sich von ihm los, ergriff energisch ihren Stock, der an der Wand lehnte. Dann schlüpfte sie aus den Pantoffeln und ließ sie achtlos im Weg stehen. Kökkenmöddinger beeilte sich, die Filzlatschen wegzuräumen, und lief hinter ihr her.

»Man ließ die Überreste der alten Burg bis auf die Keller abtragen«, fuhr er fort, »um dann das Schloss auf den alten Kellern zu errichten …«

»Ja, und 1485 kam es zur ›Leipziger Teilung‹ der Adelsgeschlechter«, unterbrach die Gräfin ihn. »Machtpolitisch ein großer Fehler, da die Wettiner an Macht verloren.«

Kökkenmöddinger wollte keine Diskussion riskieren. »Sehen Sie nur.« Er deutete auf ein Modell des Burgbergs. »Und der Dom war bereits im 13. Jahrhundert errichtet worden.«

»O ja, das 13. Jahrhundert.« Die Gräfin nickte. »Das war die Zeit der Ritterlichkeit und des Minnesangs. Selbst Walther von der Vogelweide soll hier gewesen sein …« Sie hob an, ein Liedchen zu trällern … »Under der Linden an der Heide, da unser zweier

Bette was …« Sie wirkte beschwingt. »Wissen Sie, der Minnesang hat mich immer schon interessiert.«

Kökkenmöddinger schluckte. Barockmusik, Opern, Choräle, das alles würde er weiter ertragen. Aber die Aussicht, die exzentrische Dame samt Minnegesängen in voller Lautstärke durch Sachsen zu chauffieren, ließ ihn nun wirklich zurückschrecken. »Hier gibt es die Multimediastationen über die mittelalterlichen Burgbewohner.« Er hielt ihr kurzerhand einen der Hörer hin. »Sie können ganz entspannt im Sitzen lauschen.«

Einen Moment lang schien es so, als würde sie mit dem Stock nach ihm schlagen. Ihre Augen funkelten. »Wollen Sie mich umbringen?«

Die Blicke der anderen Besucher waren plötzlich alle auf sie gerichtet. Und Kökkenmöddinger erwog für den Bruchteil einer Sekunde, ob das nicht tatsächlich der Ansatz zur Möglichkeit einer Lösung war. »Wie kommen Sie denn darauf?«

Sie deutete mit dem Stock auf ein Schild an der Wand. Ein roter Kreis umfasste ein schwarzes Herz mit stilisiertem Kabel, das mit einem roten Diagonalstreifen durchgestrichen war.

»Oh.« Kökkenmöddinger hängte den Hörer wieder in die Verankerung. »Sie haben einen Herzschrittmacher?«

»Pfft!«, machte die Gräfin und wandte sich um. »Wo ist denn jetzt das Porzellan?«

Kökkenmöddinger holte sie kurz darauf vor einem multimedial nutzbaren Modell der Porzellanmanufaktur, welche die Albrechtsburg jahrelang beherbergt hatte, ein.

Die Gräfin drückte munter auf den Knöpfen herum, um sich auditiv die Herstellung des Porzellans erklären zu lassen. Lämpchen im Modell zeigten an, um welchen Teil der Produktion es gerade ging. Verstohlen sah sich Kökkenmöddinger nach Warnschildern um, fand jedoch keine.

»Es ist doch ein Jammer, dass die Immobilie fast zwei Jahrhunderte leer stand«, beklagte sich die Gräfin, als zeichne Kökkenmöddinger höchstpersönlich für derlei Verschwendung verantwortlich.

»Dieser Böttger, der dann statt des Goldes das Porzellan erfunden hat, soll hier zunächst inhaftiert gewesen sein«, warf er ein. »Und dann gab es in Europa erstmals das ›weiße Gold‹ und August der Starke ließ hier die Manufaktur einrichten.«

Die Gräfin lächelte. »Ja, August der Starke war ein wirklich großer Mann.«

»Sie meinen, weil er durch den heimlichen Übertritt zum katholischen Glauben und viel Geld die polnische Krone kaufte?«, fragte Kökkenmöddinger.

»Das auch, sicher. Er hat die Albertiner nach vorn gebracht«, sagte sie bestimmt. »Nun ja, er hatte von Ludwig dem XIV. gelernt, sich schon zu seiner Kavalierszeit einiges in Versailles abgeschaut und sich in Polen ja sogar gegen den Kandidaten des Sonnenkönigs behauptet.«

Kökkenmöddinger schwitzte. »Aber er hat als Sachsens absolutistischer Sonnenkönig sein Volk mit hohen Steuern für den ganzen Prunk belastet.«

»Ach, papperlapapp«, winkte die Gräfin ab. »Die Wirtschaft blühte doch unter August. Zuvor war Sachsen ein Schlachtfeld gewesen. Dann bekamen die Handwerker Aufträge, Manufakturen wurden eingerichtet, Feste gefeiert, Porzellan exportiert …«

Kökkenmöddinger beschloss, nicht über Politik mit ihr zu diskutieren, obwohl ihm zu ›blühenden Landschaften‹ und zur jüngeren Gründung des Freistaates auf der Albrechtsburg einiges eingefallen wäre. »Kennen Sie die Legende vom ›Meißner Fummel‹?«

Sie sah ihn an. »Nein. Was ist das? Etwas Textiles?«

Kökkenmöddinger lachte. »Nein, es ist ein Gebäck, das man angeblich kreiert hat, um die häufig betrunkenen Kutschenfahrer zwischen Meißen und Dresden zu disziplinieren.«

»Disziplinieren also?« Sie schien interessiert. »Wie diszipliniert man mit Gebäck?«

»Nun, das Porzellan kam aufgrund von schlechten Straßen und Fahrern, die betrunken waren, oft nur noch als Scherbenhaufen in Dresden an«, erklärte Kökkenmöddinger. »Also gab man den Fahrern ein aufgeblasenes Gebäck mit, das während der Fahrt nicht in sich zusammenfallen durfte.«

»Ich verspüre Appetit.« Die Gräfin sah ihn aufmerksam an. »Was ist das für ein Gebäck?«

»Angeblich ein geschmacksneutraler Nudelteig ohne viel Nährwert.« Kökkenmöddinger bereute bereits die Erwähnung dieser Legende.

»Das werden wir ja sehen.« Sie setzte den Stock auf. »Ich will jetzt so einen Fummel essen. Gehen wir!«

# Die unlustige Witwe

Der ›Meißner Fummel‹ war der Gräfin zu geschmacklos gewesen, der Meißner Dom allerdings viel zu schlicht. Die Hochzeitsgesellschaft, in die sie jedoch auf dem Burgplatz noch geraten waren, war der gnädigen Frau wiederum zu geschmacklos pompös erschienen. Vor allem war sie verärgert, dass sie im Taxi hatten warten müssen, bis der Hochzeitskonvoi den Burgberg verlassen hatte.

Nun saß sie bei Lully-Klängen auf der Rückbank und verbreitete sich über Hochzeiten im Allgemeinen.

»Das muss doch nicht sein. Das ist doch lächerlich, wenn jeder dahergelaufene Mensch einfach ein Schloss mieten kann.« Die Gräfin schüttelte das offenbar doch besonders adlige Haupt. »So können doch wirklich Hinz und Kunz auf einem Schloss heiraten!«

»Ganz recht, gnädige Frau«, bestätigte Kökkenmöddinger. »Aber heutzutage sind solche Doppelnamen ja nicht ungewöhnlich. Und schon haben wir eine Familie Hinz-Kunz.«

»Herr Doktor, Sie wissen doch genau, was ich meine.« Die Gräfin spielte mit dem großen Anhänger an ihrer Kette.

»Selbstverständlich.« Kökkenmöddinger nickte. »Aber Sie gestatten, dass ich derlei alberne Snobismen höflich ignoriere.«

»Sie halten mich für einen Snob?« Sie schnappte nach Luft.

»Nicht doch, Frau Gräfin. Ich halte Sie für eine gebildete und kultivierte Dame. Ihre Bemerkung allerdings war etwas … albern.«

Die Gräfin lehnte sich zurück und sah demonstrativ aus dem Fenster. »Ich habe Karten für die Staatsoperette. Fahren Sie am besten direkt dorthin.«

Kökkenmöddinger schmunzelte, stellte die Musik noch etwas lauter und lenkte das Taxi durch Radebeul. »*Die Hochzeit des Figaro?*«

»Nicht doch, das ist eine Oper, keine Operette«, belehrte sie ihn. »Im Übrigen halte ich gar nicht viel vom Heiraten. Es wird viel zu viel Wind um solche Dinge gemacht.«

»Auch nicht in den adligen Kreisen?« Die Musik begann Kökkenmöddinger immer besser zu gefallen, und die Aussicht auf einen Operettenbesuch versprach mehr Kurzweil als ein langer Opern- oder Theaterabend.

»Nein, da eben nicht«, konstatierte die Gräfin. »Da ist die Ehe das, was sie immer schon war: ein soziales und finanzielles Arrangement.«

Kökkenmöddinger grinste. »Wenn man Ihnen zuhört, könnte man meinen, Sie sprächen von einer Firmenfusion.«

»Ich sehe, Sie verstehen mich, lieber Herr Doktor.« Sie räusperte sich. »Es ist eine Fusion mit Körpereinsatz. Das ist die Ehe, mehr nicht.«

Er grinste noch etwas breiter. »Und welches Stück werden wir heute sehen? Also in der Staatsoperette?«

Sie räusperte sich. »Ich habe Karten für *Die lustige Witwe*.«

Kökkenmöddinger warf einen Blick auf die Uhr. Bis zur Abendvorstellung blieb noch genug Zeit, um einen hübschen Umweg zu machen. Er überquerte vor der Staatskanzlei die Carolabrücke und nahm den Weg entlang des linkselbischen Ufers über den Schillerplatz, Tolkewitz und Laubegast.

Die Gräfin schien zu dösen und sich der Musik hinzugeben, und Kökkenmöddinger vermutete, dass sie die Umgebung ohnehin nicht wahrnahm. Doch das war offenbar ein Trugschluss, denn kaum hatten sie Laubegast erreicht, klopfte ihm die Gräfin von hinten auf die Schulter.

»Anhalten! Sofort!«

Kökkenmöddinger lenkte den Wagen an den Straßenrand. Im Rückspiegel konnte er erkennen, dass die alte Dame angestrengt aus dem Fenster sah.

Kurz darauf entdeckte er, wen sie offenbar erspäht hatte. Vor einem der Häuser stand Horst von Gundermark und sprach mit einer Frau. War das die Frau, mit der er ihn gestern schon am Schillerplatz gesehen hatte? Er konnte es nicht wirklich sagen. Vielleicht hatte sie auch nur eine ähnliche Frisur.

»Soll ich Ihrem Sohn …?«

»Psst!« Die Gräfin legte den ringgeschmückten Finger vor den Mund, während ihr Sohn in eine dunkle Limousine stieg. Das Kennzeichen konnte Kökkenmöddinger auf die Entfernung nicht erkennen.

»Ich bin gleich wieder da«, sagte die Gräfin, als die Limousine angefahren war. Sie öffnete die Tür, und Kökkenmöddinger wollte ebenfalls aussteigen, um ihr behilflich zu sein.

»Lassen Sie das!«, verlangte sie, stieg aus und warf die Tür zu.

Er beobachtete, wie sie auf das Haus zuhinkte, aus dem zuvor ihr Sohn gekommen war. Kökkenmöddinger nutzte die Gelegenheit, das Radio einzuschalten. Fröhliches Gedudel ertönte, dann versprach eine männliche Stimme, dass nach der Werbung direkt die Nachrichten kämen. Jelena! Da konnte er sich ruhig ein paar Werbespots über sächsisches Mineralwasser, Dresdner Autohändler und neue Discounter-Angebote anhören …

Doch kaum hatte er die Werbung über sich ergehen lassen und den Nachrichten-Jingle erkannt, stand die Gräfin wieder am Taxi und riss die Beifahrertür auf.

Ertappt wie ein Schuljunge beim Abschreiben drehte Kökkenmöddinger das Radio ab und sah sie an.

Mit eiserner Miene nahm sie auf dem Beifahrersitz Platz. »Bringen Sie mich zum Hotel, Herr Doktor! Mir ist die Lust auf Operette vergangen.«

Sie konnten es noch schaffen, rechtzeitig zu Beginn der Vorstellung in der Operette zu sein. Kökkenmöddinger öffnete die Wohnungstür.

»Jelena! Ich habe Karten für die Operette!«, rief er. »Warum gehst du nicht an dein Handy? Im Sender sagten sie, du hättest Feierabend …« Er sah sich im Wohnzimmer und in der Küche um und lief dann über den Flur, um an Jelenas Zimmertür zu klopfen.

»Jelena?« Er öffnete die Tür. Dämmerlicht. Jelena war nicht da. »*Pokkers.*«

In der Küche warf er die Karten für *Die lustige Witwe* achtlos auf die Arbeitsplatte und holte eine Flasche Bier aus dem Kühlschrank. Allein hatte er keine Lust, die Vorstellung zu besuchen.

Er schenkte sich Bier in ein Glas und ging ins Wohnzimmer. Auf dem Tisch fand er einen Stapel Blätter, auf dem ein Notizzettel klebte, der laut Aufschrift an ihn gerichtet war: »Hier ein paar Infos zu deinen von Gundermarks. Können später drüber sprechen. Jelena.«

Er blätterte in ihren handschriftlichen Notizen. Es ging offensichtlich um die Familie von Gundermark.

»Wałbrzych« oder »Waldenburg« konnte er entziffern, und etwas mit »Niederschlesien, Polen«. Da stand auch etwas von einem Schloss, den Namen konnte er allerdings beim besten Willen nicht ausmachen. Das hätte ebenso gut ›Fritzebein‹ wie ›Frankenstein‹ heißen können. Und auch nur mit Vorwissen und viel Fantasie konnte er Eugen oder Egon von Gundermark lesen.

Jelena hatte eine Sauklaue. Vermutlich war sie zudem in Eile gewesen. Trotzdem war es sehr lieb von ihr, dass sie neben ihrer neuen Tätigkeit in der Nachrichtenredaktion noch an ihn dachte und zusätzliche Arbeit auf sich nahm.

Kökkenmöddinger hatte dennoch keine Lust, seine freie Zeit weiter mit irgendwelchen Geschichten über die Gräfin und ihre Familie zu verbringen. Ja, im Gespräch mit Jelena wäre das natürlich etwas anderes, egal, zu welchem Thema. Aber Jelena war nicht da. Er würde morgen mit ihr darüber sprechen.

Kökkenmöddinger ließ sich auf die Couch sinken, nahm einen Schluck Bier und schaltete den Fernseher ein. Dann suchte er nach einem Regionalsender. Vielleicht gab es Neuigkeiten zu den Schmuckrauben in Dresden ... Doch er fand nur einen Beitrag über Sachsen im 18. Jahrhundert. Nein! Keine Wettiner, kein August, heute nicht mehr. Und zu den Schmuckrauben würde er ebenfalls Jelena befragen. Sie würde bestimmt bald nach Hause kommen.

# Fröhliches Frühstück

Als Kökkenmöddinger am Morgen in die Küche schlurfte, hörte er im Bad die Dusche rauschen. Er würde Jelena also doch noch begegnen, bevor er sich wieder den Launen der seltsamen Gräfin aussetzen musste.

Lächelnd setzte er Wasser auf und bereitete die Kaffeekanne vor. Dann holte er Butter, Marmelade, Käse und Aufschnitt aus dem Kühlschrank und deckte den Tisch. Er lauschte, die Dusche rauschte noch immer. Er nahm zwei Scheiben Toast aus dem Brotbehälter und steckte sie schon einmal in den Toaster. Teller, Besteck ... Irgendwo waren doch noch Servietten ... Da. Er zog Papierservietten mit fröhlichem Schmetterlingsaufdruck aus dem Regal und drapierte sie in zwei Kaffeetassen.

Wie immer freute er sich darauf, dass Jelena gleich nur mit einem Handtuch bekleidet erscheinen würde. Irgendetwas fehlte dem Frühstückstisch noch ... Richtig. Kökkenmöddinger holte einen Kerzenständer vom Fensterbrett, stellte ihn zwischen Wurst und Käse und zündete die Kerze an.

Jetzt hatte das Wasserrauschen aus dem Bad aufgehört. Kökkenmöddinger hörte die Tür der Duschkabine klappern und drückte die Toastertaste. Jetzt klappte die Badezimmertür.

»Jelena, meine Liebe! Guten Morgen! Ich hoffe, du hast noch Zeit für ein ...«

»Frühstück, geil!« Ein etwa vierzigjähriger Typ kam aus dem Bad, nur in ein Handtuch gewickelt und somit sichtbar sportlich gebaut. »Jelena ist schon in den Sender gefahren.«

Kökkenmöddinger schluckte. Der Typ sah aus wie aus einem Katalog gesprungen und strahlte unerträglichen Frohsinn aus.

»Du bist also Kökki, der schräge Däne!« Er schüttelte ihm die Hand. »Jelena hat mir von dir erzählt.«

»So?« Kökkenmöddinger schnaufte. »Was hat sie denn erzählt?«

»Dass du ihr Mitbewohner bist und so ein richtig gemütlicher Kumpeltyp.«

»Nun, wenn sie das so sagt.« Kökkenmöddinger rümpfte die Nase. Dieser Mann hatte ein unangenehm aufdringliches Rasierwasser.

»Ich bin Rudolpho, aber du kannst Rudi zu mir sagen.« Er reichte Kökkenmöddinger die Hand, die dieser widerstrebend ergriff. »Finde ich super, dass du auch im Alltag so ein richtiges Frühstück machst. Es ist die wichtigste Mahlzeit. Außerdem ist es besser für die Figur, morgens gut zu essen.« Rudi schlug sich mit der Hand dorthin, wo andere einen Bauch haben. Er trug allerdings oberhalb der Handtuchkante nur Muskeln.

Kökkenmöddinger drückte den Schieber der Presskanne hinunter, langsam, kraftvoll und mit zusammengebissenen Zähnen.

»Habt ihr Orangen da?« Rudi schlenderte durch die Küche. »Dann presse ich uns einen leckeren Vitaminsaft.«

»O-Saft steht im Kühlschrank. Die Gläser sind …«

»Ich weiß doch, wo die Gläser sind«, antwortete Rudi und nahm zwei Gläser aus dem Schrank.

Kökkenmöddinger schenkte Kaffee ein. So leicht ließ er sich den Appetit nicht verderben. Er schmierte sich dick Butter auf den Toast. Und um nicht in Rudis markantes Grinsegesicht schauen zu müssen, belegte er die Scheibe mit mehreren Schichten Käse und klatschte eine große Portion Kirschmarmelade oben drauf.

»Ihr solltet lieber Vollkornbrot essen«, erklärte Rudi freundlich. »Und statt Käse besser Quark.« Er deutete auf Kökkenmöddingers Lieblingsmarmelade. »Und dieses Zuckerzeug ist reines Gift. Er lässt einen schneller altern …«

»Meinst du nicht, dass ich alt genug bin, selbst zu entscheiden, was ich essen möchte.« Kökkenmöddinger biss trotzig in seinen beladenen Toast. Musste dieser Strahlemann auch noch den Ernährungsexperten raushängen lassen?

»Ja, aber denk doch auch mal an Jelena«, riet Rudi unverdrossen gutgelaunt. »Sie ist doch so hübsch und schlank.«

Kökkenmöddinger seufzte. Und kurzsichtig war dieser Ratgeber-Rudi offensichtlich auch nicht ...

»Ihr solltet solchen Mist gar nicht erst einkaufen. Sonst ist es bald vorbei mit Jelenas guter Figur.«

Kökkenmöddinger kaute. So ein oberflächlicher Fatzke. Er selbst würde Jelena auch lieben, wenn sie dick und unförmig wäre. Jelena war einfach ...

»Fantastisch, findest du nicht? Jelena ist einfach fantastisch!«, schwärmte Rudi. »Wir haben vom ersten Moment an einen Draht zueinander gehabt.

Kökkenmöddinger hatte große Lust, sich einfach die Ohren zuzuhalten. Stattdessen stand er auf und stellte das Radio an: »Auch in der vergangenen Nacht hat die Schmuckräuberbande in der Landeshauptstadt ihr Unwesen getrieben. Erneut wurden Schmuckstücke im Wert von einigen Millionen Euro erbeutet. Und wieder konnten die Täter unerkannt entkommen ...«

Jelenas Stimme versetzte Kökkenmöddinger in eine Art Trance.

»... berichten wir von der Pressekonferenz, die die Ermittlungsbehörden für heute angekündigt haben.«

»Oh, dann muss ich wohl los.« Rudi sprang auf und eilte ins Bad.

Kökkenmöddingers Bewusstsein landete unangenehm hart in der Realität. Für einen Augenblick hatte er den frohnatürlichen Adonis doch glatt vergessen.

Doch jetzt kam Rudi in Jeans und engem T-Shirt aus dem Bad und warf sich ein Sakko über. »Ich werde gleich mal ...«

»Psst!« Kökkenmöddinger stellte das Radio etwas lauter: »Unklar, so der Chef der Behörde, sei vor allem, wie die Bande es schaffe, derart auffällige Schmuckstücke unbemerkt außer Landes zu bringen …«

Rudi nahm einen Schlüssel vom Regalbrett, rief: »Bis heute Abend!«, und verließ die Wohnung.

Die Tür fiel zu, Radio Elbradar sendete eine schaurige Schmachtschnulze, und Kökkenmöddinger stöhnte auf. Irgendwann hatte sowas ja passieren müssen. Was hatte er eigentlich erwartet?

# Gräfliche Gebrechen

Die Gräfin wirkte heute verändert. Seit einer halben Stunde Fahrt saß sie nun schon schweigend auf dem Rücksitz und starrte aus dem Fenster. Kökkenmöddinger war froh gewesen, dass heute Bach auf dem adligen Audioplan stand, hatte jedoch ausgerechnet heute die Anweisung, die Musik nur in dezenter Lautstärke zu spielen.

»Sie sind etwas blass, Frau Gräfin«, erlaubte er sich zu bemerken, während er den Wagen über die B173 lenkte. »Geht es Ihnen nicht gut?«

»Ach, Herr Doktor, ich bin eine alte Frau«, erwiderte sie. »Man muss irgendwann lernen, sich mit den Tatsachen abzufinden.«

»Nicht doch«, versuchte Kökkenmöddinger sie aufzuheitern. »Eine alte Frau sitzt zu Hause allein vor dem Fernsehapparat. Sie hingegen sind mobil, geistig rege und vielseitig interessiert. Und Sie begleiten Ihren Sohn auf Reisen …«

»Lassen Sie das!« Der Tonfall wirkte schon vertrauter. »Sie müssen nicht mit mir sprechen wie ein Sozialarbeiter mit senilen Senioren.«

»Nichts liegt mir ferner.« Kökkenmöddinger schmunzelte.

»Und erwähnen Sie meinen Sohn nicht!« Sie sah wieder aus dem Fenster. »Diese Windräder gehören verboten. Sie sind eine ästhetische Verstümmelung der Landschaft.«

Kökkenmöddinger würde sich nicht auf einen Disput über alternative Energiegewinnung einlassen. Immerhin schien die Gräfin nicht wirklich krank zu sein.

»Obwohl diese Landschaft insgesamt nicht gerade schön ist«, maulte sie weiter. »Die Weinberge gestern waren sehr viel hübscher.«

»Gnädige Frau, darf ich Sie daran erinnern, dass wir gestern strahlenden Sonnenschein hatten? Heute ist es bedeckt, so dass alles etwas Grau in Grau wirkt.« Er musste allerdings zugeben, dass das Panorama tatsächlich nicht sehr verlockend war. Für den Rückweg würde er eine andere Strecke wählen.

»Ich hoffe, diese Stadt und ihre Sehenswürdigkeiten sind weniger … trist.« Sie räusperte sich und fasste sich an den Hals.

Im Rückspiegel registrierte Kökkenmöddinger, dass sie ihren edlen Schmuck heute vor allem an den Fingern trug. Es waren mehrere Ringe mit großen Steinen, die mit Sicherheit nicht aus Glas waren.

»Ich verspreche Ihnen, dass Sie begeistert sein werden von Freiberg.« Er mochte die Stadt, seit er damals mit Jelena diesen Ausflug … Jelena. Rudi … Da war er wieder, der Kloß im Hals.

»Wir werden sehen.« Die Gräfin seufzte vernehmlich. »Wenn nicht, fahren wir sofort zurück.«

»Selbstverständlich«, sagte Kökkenmöddinger. »Aber wenn Sie erst die Altstadt …«

»Halten Sie den Mund«, verlangte sie barsch. »Und machen Sie die Musik lauter.«

Kökkenmöddinger tat, wie ihm geheißen. Einen unglücklichen Moment lang sah er wieder den frohnatürlichen Rudi vor sich, und das so plastisch, dass er förmlich sein penetrantes Rasierwasser roch. Das Bild von Jelena wischte er schnell beiseite.

»Lauter!«, motzte die Gräfin.

Kökkenmöddinger schnaufte. Bei dieser Dame wäre sicher auch Rudi die gute Laune vergangen. Rudi … Allein der Gedanke an diese Frohnatur machte ihn mürbe. Dass Jelena auf solche Muskelmänner stand, hatte er nicht gewusst. Aber er wusste wahrscheinlich ohnehin zu wenig über diese Frau. Weil sie sich in den letzten Jahren immer mal wieder nähergekommen waren und sie sonst keine Männer mitbrachte, hatte er ihre Zuneigung wohl überinterpretiert. Oder waren seine Ansprüche übertrieben? Er war für Jelena eben nur der ›schräge Däne‹, der gute Kumpel. Trotzdem: Wie er es auch drehte und wendete, gegen das stechende Gefühl der Enttäuschung waren alle Kants und Hegels machtlos. Sogar die Philosophie konnte die Eifersucht nicht dämpfen. Er würde sich an Nietzsche halten … »Man nimmt die unerklärte dunkle Sache wichtiger, als die erklärte helle.« Das war es wohl.

Kökkenmöddinger lenkte das Taxi in die Freiberger Altstadt und parkte auf dem Untermarkt.

»Frau Gräfin, wir sind da!« Er stellte die Musik ab und wandte sich um.

Die Gräfin hielt die Augen geschlossen. »Ach, Herr Dr. Kökkenmöddinger, ich fühle mich heute gar nicht recht wohl.«

»Aber gnädige Frau«, entgegnete Kökkenmöddinger. »Schauen Sie, die Sonne kommt langsam heraus. Das wird ein richtig schöner Tag heute.«

»Ich weiß nicht.« Die Gräfin seufzte vernehmlich. »Ich fürchte, ich werde heute zur Last für Sie.«

»Nicht doch«, versuchte er die alte Dame aufzumuntern. »Wir gehen jetzt gleich hier in den Dom. Da stapeln sich die Wettiner nur so.«

»Ja, und sie sind alle tot.«

»Stimmt.« Kökkenmöddinger schmunzelte. »Aber schon seit Jahrhunderten.« Er stieg aus und lief um den Wagen herum, um ihr die Tür zu öffnen.

»Heute brauche ich den Rollstuhl«, hauchte die Gräfin.

Kökkenmöddinger stutzte. Ging es ihr wirklich nicht gut? Er holte das Vehikel aus dem Kofferraum und entfaltete es. »Bitte, kein Problem.«

»Ich muss lernen, mich damit abzufinden, dass ich alt bin und dass mich wildfremde Menschen im Rollstuhl durch die Gegend schieben.« Sie kletterte aus dem Auto.

»Aber meine liebe Gräfin, ich bin Ihnen doch nicht fremd …«
Kökkenmöddinger schob ihr den Rollstuhl hin.

»Dass mich wildfremde Menschen durch die Gegend schieben, die sogar noch teuer dafür bezahlt werden müssen, weil ich eine Belastung bin …« Die Gräfin ließ sich im Rollstuhl nieder und zog die Füße auf die dafür vorgesehenen Tritte.

»Frau Gräfin, wir machen jetzt erstmal einen schönen Spaziergang durch die Gassen dieser Stadt«, sagte Kökkenmöddinger bestimmt und schob sie über den Platz.

»Nein, ich will da entlang.« Sie deutete in eine der Gassen auf der anderen Seite des Untermarktes.

»Na gut.« Kökkenmöddinger wendete und lief los.

Über eine Stunde später hielt Kökkenmöddinger keuchend inne. Die Steigungen und die holprigen Gassen hatten es in sich. Zumal er das Hantieren mit einem Rollstuhl nicht gewohnt war.

»Warum halten Sie an?« Die Gräfin klang unwirsch. »Ich will dort rauf, zu dieser Kirche.«

»Ich brauche eine Pause.« Er atmete tief durch.

»Ach Gottchen.« Sie schüttelte den adligen Kopf. »Sie machen jetzt schon schlapp? Sie sind doch ein großer kräftiger Kerl in den besten Jahren. Na los, hopp!«

Kökkenmöddinger schwitzte. Wenn das noch lange so weiterging, würde er noch sportlich … Und wieder musste er an den fröhlichen Rudi denken. Er nahm Anlauf und schob den Rollstuhl schwungvoll die steile Gasse hinauf.

»Passen Sie doch auf!«, kreischte sie. »Wollen Sie mich umbringen, oder was?«

»Nein, *Sie* gewiss nicht«, schnaufte Kökkenmöddinger. Wieder sah er den durchtrainierten immerfrohen Rudi vor sich und spürte unkontrollierte Wut pulsieren. Er hielt abrupt an, so dass die Gräfin nach vorn und zurück kippte.

»Sind Sie von allen guten Geistern verlassen?«, empörte sie sich.

»Entschuldigung«, murmelte Kökkenmöddinger und wischte sich über die Stirn. »So in etwa kann man es nennen.« Er sah sich um. »Wo sind wir eigentlich?«

»In irgendeiner Gasse dieser putzigen Kleinstadt«, erwiderte sie. »Wo, sagten Sie noch gleich, sind hier die Wettiner?«

»Im Dom.« Kökkenmöddinger schnaufte.

»Da will ich hin.« Sie hieb mit der Hand auf die Armlehne des Rollstuhls. »Jetzt.«

Er sah sich um. Er hatte keine Ahnung, wo genau der Dom war. Er wusste nur, dass er den Wagen dort in der Nähe geparkt hatte.

»Los, los! Worauf warten Sie?«

Kökkenmöddinger nahm die nächstbeste Gasse und bog rechts ab. Dann hielt er sich erneut rechts.

»Nicht doch«, zeterte die Gräfin. »Wir müssen links herum.«

»Na gut, wenn Sie meinen.« Er nahm den nächsten Abzweig nach links.

»Nun beeilen Sie sich doch mal etwas! Das geht mir alles zu langsam«, schimpfte sie.

»Es besteht kein Grund zur Eile. Diese Wettiner sind doch längst tot.« Kökkenmöddinger schob sie also im Schweiße seines Angesichts durch die Gassen, während die Gräfin an jeder Kreuzung zauderte und zeterte. Er hatte längst die Orientierung verloren, deshalb ließ er ihr ihren Willen. Seine Gedanken schweiften immer wieder zu Rudi und Jelena ab, und er war ganz froh über die ungewohnte körperliche Ertüchtigung.

Währenddessen erläuterte ihm die Gräfin irgendeinen adligen Familiensinn, der sich nur strategisch entfalte und der ein besonderes Kulturgut sei. Ihm fiel nicht einmal ein Philosoph dazu ein. Vor Kökkenmöddingers innerem Auge posierte Rudi als Adonis, nein, als Kriegsgott Mars.

»Da ist er doch, der Dom«, rief die Gräfin plötzlich.

Kökkenmöddinger hatte längst nicht mehr auf den Weg und die Umgebung geachtet.

»Wissen Sie, die Wettiner ...«

»Ja, ja.« Er schob sie zum Seiteneingang mit barrierefreiem Zugang.

»Ich will zu den Grabmalen«, erklärte die Gräfin. »Und ich will die vielen musizierenden Engel sehen.«

Eine halbe Stunde später hatte er sie durch einen Teil des sakralen Gebäudes geschoben, während die Gräfin sich über alles und jeden mokierte. Sie schnauzte Besucher an, die ihr angeblich im Weg standen, schimpfte über die Akustik und regte sich sogar über die Glocken auf.

Kökkenmöddinger wendete kurzerhand den Rollstuhl. Langsam bekam er Übung in der Handhabung des Gefährts. Dann schob er sie zurück zum Seitenausgang hinaus auf die Straße.

»Was machen Sie denn da?«, protestierte sie – natürlich lauthals. »Wir haben doch noch gar nicht ...«

»Schluss jetzt!« Kökkenmöddinger klang scharf. »Sie meckern die ganze Zeit herum. Sie schnauzen die Leute an. Sie benehmen sich in einem Sakralbau buchstäblich wie die Axt im Walde. So nicht!«

Sie sah ihn an, öffnete den Mund, sagte aber nichts.

»Ich wundere mich eigentlich, dass man uns nicht längst hinausgeworfen hat«, setzte er hinzu.

»Haben Sie Kinder, Herr Doktor?«, schwenkte sie plötzlich um.

»Nein.« Verärgert schob er den Rollstuhl samt Gräfin über den Parkplatz.

»Seien Sie froh«, sagte sie. »Erst sind sie kleine dicke Engel, dann freche Bengel, und schließlich wollen sie ihre Eltern nur noch loswerden ...«

Als er nichts sagte, wandte sie sich um und zupfte ihn am Ärmel. »Will Ihre Freundin Kinder?«

»Keine Ahnung.« Diese Frau hatte aber auch ein Talent, auf seinen empfindlichsten Nerven herumzutrampeln. Keine Ahnung, ob Jelena Kinder wollte mit ihrem fröhlich-athletischen Rudi.

»Dann lassen Sie sich bloß keine Kinder anhängen. Frauen tun nämlich so etwas. Sie sagen, sie denken gar nicht darüber nach und wollen noch keine Kinder – und schon sind sie schwanger. Und dann haben Sie den Salat!« Sie stand aus dem Rollstuhl auf.

Kökkenmöddinger öffnete die hintere Autotür, und die Gräfin nahm Platz. Dann plauderte sie von ihrem Graf Eugen von Gundermark, der plötzlich tot umgefallen war und mehr Schulden als Besitz hinterlassen hatte.

»Frauen sind mit Vorsicht zu genießen … Aber Männer! Männer, also ich weiß gar nicht, was ich sagen soll!«

»Dann lassen Sie es doch einfach.« Kökkenmöddinger schloss die Taxitür hinter ihr und verstaute den Rollstuhl im Kofferraum.

# Rosinen-Rudi

Kökkenmöddinger war froh, als sie nun endlich vor dem Taschenbergpalais hielten. Er hatte ihre Bach-CD extra laut aufgedreht, um einem weiteren Gespräch mit der Gräfin zu entgehen. Nun hatte er Kopfschmerzen. Außerdem wollte er die Gräfin nur noch loswerden.

Mit professioneller Höflichkeit geleitete er die alte Dame ins Hotel, während sie munter auf ihn einplauderte.

»Wissen Sie, dieses Städtchen hat mir gut gefallen. Dieses Freiberg. Da fahren wir nochmal hin, ja?«

Kökkenmöddinger schnaufte. Er bezweifelte, dass das Städtchen sich über den Besuch der Gräfin ebenso freuen würde.

»Wissen Sie, Herr Doktor, Freiberg ist die Partnerstadt von Walmbrich ...«

In diesem Moment trat Horst von Gundermark zu ihnen. »Mutter, du siehst aber gar nicht gut aus!« Er wandte sich Kökkenmöddinger zu. »Ist etwas vorgefallen?«

»Nichts Besonderes«, sagte Kökkenmöddinger und hätte beinahe hinzugesetzt, dass sich die alte Gräfin schließlich ständig unmöglich benahm. »Die gnädige Frau war heute nur etwas gebrechlicher ...«

»Ach, papperlapapp!«, ging die Gräfin dazwischen. »Es geht mir hervorragend. Und lassen Sie endlich meinen Arm los. Ich bin doch kein Pflegefall!« Sie machte sich los und schickte sich an zu gehen.

»Mutter, wo willst du denn hin?«, fragte Horst von Gundermark.

»Auf die Toilette.« Sie sah ihn aus zusammengekniffenen Augen an. »Und dann werde ich ein ernstes Wort mit dir reden, mein Kind.«

»Was ist denn mit ihr?« Der Graf sah Kökkenmöddinger fragend an.

Der zuckte die Achseln. »Sie sollten sich wohl ein bisschen um Ihre Mutter kümmern. Sie wirkte heute in der Tat etwas erschöpft, zumindest manchmal.«

»Oje. Hat sie Sie sehr strapaziert?« Der Graf zog ein schuldbewusstes Gesicht.

»Nun ja, sie braucht sehr viel Aufmerksamkeit«, wich Kökkenmöddinger aus. »Vielleicht ist sie doch etwas einsam.«

»Einsam? Meine Mutter?« Horst von Gundermark wirkte erstaunt. »Wo waren Sie denn heute mit ihr?«

»In Freiberg.« Kökkenmöddinger runzelte die Stirn. »Und sie will dort erneut hin.«

»Ach?« Der Graf rieb sich das Kinn. »Das ist doch die Partnerstadt von Waldenburg ...«

In diesem Moment erschien die Gräfin wieder. »So, Herr Doktor, Sie sind für heute entlassen. Und entschuldigen Sie bitte meine zwischenzeitliche Unpässlichkeit.« Sie sah ihren Sohn an. »Horst, fummle dir nicht im Gesicht herum. Wir gehen!«

Als Kökkenmöddinger die Wohnungstür öffnete, kam ein atemberaubend guter Duft aus der Küche. Musik drang aus dem Wohnzimmer, und er hörte Jelena lachen.

Er wunderte sich nicht, als er jetzt Rudi mit seiner Schürze in der Küche stehen sah. Immerhin übertünchte der Bratenduft Rudis Rasierwassermief.

»Hallo, mein Lieber!« Rudi kam auf ihn zu und klopfte ihm vertrauensvoll auf die Schulter.

Kökkenmöddinger entzog sich der Berührung. »Was gibt es denn?«

»Sauerbraten«, verkündete Rudi, als habe er selbst das Rezept erfunden. »Rheinischen Sauerbraten.«

»Rudi kommt nämlich aus dem Rheinland.« Jelena ging in die Küche. »Aus der Nähe von Bonn.«

»Soso.« Kökkenmöddinger bemühte sich zu grinsen. Deshalb war dieser Muskelmann wohl so eine Frohnatur. »Jelena, machst du bitte die Musik aus. Mir platzt der Kopf noch immer von der Barockmusik der Gräfin.« Er dachte an seinen Gassenparcours mit dem Rollstuhl und trollte sich Richtung Bad. »Ich geh mal duschen.«

»Aber beeil dich, das Essen ist gleich fertig!«, rief Jelena hinter ihm her.

Kökkenmöddinger schloss die Badezimmertür hinter sich und schlüpfte aus seinen Klamotten. Mit gemischten Gefühlen warf er einen Blick in den Spiegel, stieg in die Duschkabine und ließ sich das heiße Wasser über den Rücken laufen. Mürrisch begann er sich einzuseifen. Sein Körper bedurfte vermutlich doppelt so viel Duschgels wie der von diesem Rudi. Woher hatte er überhaupt die Idee genommen, dass Jelena weiteres Interesse an ihm hatte, nur weil sie sich ein paarmal nähergekommen waren? Er riss den Duscharm herunter und spülte sich gründlich ab. Dann hielt er den schmerzenden Kopf unter die Brause. Er war ein dummer alter Trottel ... »Die Forderung, geliebt zu werden, ist die größte der Anmaßungen.« Er sollte sich einen Nietzsche-Bart wachsen lassen, dachte er, als er in den Spiegel blickte und sich dann schnell den Bademantel überwarf.

Er sah an sich herunter. So wollte er Jelena und vor allem Rudi nicht unter die Augen treten. Also stieg er wieder in seine alten Klamotten, lief hinaus über den Flur und verschwand in seinem Zimmer.

Kaum hatte er sich entkleidet und eine frische Unterhose aus dem Schrank gezogen, klopfte es kurz und Jelena erschien in der Tür.

»Kommst du? Wir warten?« Sie lächelte ihn an.

»Ja doch«, sagte er gereizt und drehte sich weg. »Ich darf mich wohl noch anziehen ...«

»Hast du eine miese Laune«, stellte Jelena fest. »Ist deine Gräfin denn so schrecklich?«

»Ja«, knurrte er und stieg in seine Unterhose. Als er sich ein Sweatshirt schnappte, erschien auch noch Rudi in der Tür. Ausgerechnet ... Kökkenmöddinger zog sich das Shirt über den Kopf.

»Kökki, wenn du dich nicht wohl fühlst, kann ich dich gern nach dem Essen massieren«, schlug Rudi – natürlich fröhlich – vor.

»Bitte?« Kökkenmöddinger zog das Shirt mit einem Ruck herunter.

»Massieren«, sagte Jelena und strich Rudi über die Schulter. »Das kann er wirklich gut.«

»Nee, danke.« Kökkenmöddinger setzte sich aufs Bett und zog sich die Hose an. »Ich habe nur Hunger.«

Dann folgte er den beiden zum Esstisch. Dort warteten nicht nur mit Servietten verzierte Gedecke und dampfende Schüsseln, sondern auch ein bunter Blumenstrauß.

»Der ist für eure Gastfreundschaft«, erklärte Rudi. »Ich koche auch, solange ich hier wohnen darf.«

Kökkenmöddinger schluckte. »Hier wohnen?«

»Ja, ich habe Rudi das dritte Zimmer angeboten.« Jelena nahm Platz. »Weißt du, er ist wegen dieser Schmuckräuber hier in Dresden. Und die Hotels sind alle überfüllt.«

Auch Kökkenmöddinger setzte sich. »Ich dachte, Dresden laufen wegen der Bande die Hotelgäste weg.«

»Nein.« Rudi füllte kleine Klöße auf die Teller. »Die Hotels platzen aus allen Nähten. Überall Journalisten und Versicherungsleute.«

Kökkenmöddinger hielt Rudi den Teller hin. Es duftete verführerisch lecker.

Rudi legte ihm reichlich Fleisch auf. »Ich arbeite auch für eine der Versicherungen.«

»Als Detektiv«, fügte Jelena lächelnd hinzu. »Rudi ist Versicherungsdetektiv.«

Nun schaufelte Rudi reichlich Sauce auf Kökkenmöddingers Teller. »Stimmt. Das bin ich.« Er strahlte, als sei er der 007 der Versicherungsbranche.

Wenn Kökkenmöddinger nicht so großen Appetit gehabt hätte, wäre er jetzt aufgestanden und gegangen. Dann starrte er auf seinen Teller. Igitt! In der Sauce schwammen massenhaft Rosinen.

»Stimmt etwas nicht?«, fragten Jelena und Rudi fast gleichzeitig.

»Nein, nein.« Kökkenmöddinger schüttelte resigniert den Kopf.

# Programmänderung

Kökkenmöddinger stand an der roten Ampel und trommelte mit den Fingern auf das Lenkrad. Es war schon kurz nach acht Uhr. Die Gräfin wartete sicher schon.

»Nur die Ruhe«, ermahnte er sich dann. Die alte Dame fand ohnehin immer einen Grund herumzumeckern. Da blieb es gleich, womit ihr Gezeter heute beginnen würde. Außerdem konnte er nichts dafür, dass dieser furchtbar fröhliche Rudi furchtbar lange im Bad seinen Muskelkörper pflegen musste – und das ausgerechnet dann, wenn er selbst für gewöhnlich die Dusche aufsuchte.

Er lenkte sein Taxi am Terrassenufer entlang, bog vor der Semperoper erst links, dann rechts ab und sah die Gräfin schon vor dem Taschenbergpalais warten.

Er hielt mit quietschenden Reifen, stieg aus und hielt inne. Im Rücken spürte er ein Ziehen, und sowohl Arm- als auch Beinmuskeln peinigten unangenehme Stiche. Muskelkater. Mit eckigen Bewegungen ging er der Gräfin entgegen.

»Guten Morgen, gnädige Frau, entschuldigen Sie die Verspätung, aber ich, nein, er … Also, ich wurde aufgehalten.«

»Guten Morgen, Herr Doktor«, sagte sie freundlich. »Ich sehe, heute haben Sie selbst Motorikprobleme.« Sie ließ sich von ihm zum Taxi begleiten.

Nanu? So empathisch heute? Kökkenmöddinger traute dem Frieden nicht. Er hielt sich den Rücken und ihr die Tür auf. »Geht es Ihnen heute wieder besser?«

»Natürlich.« Sie zog lächelnd den Stock ins Auto.

»Und heute möchten Sie nochmal nach Freiberg fahren?« Kökkenmöddinger seufzte leise bei dem Gedanken daran. Er ging unter Schmerzen um sein Taxi herum und ließ sich mit zusammengebissenen Zähnen hinter dem Steuer nieder. Wenn er erstmal saß, hielt sich der Schmerz in Grenzen. »Hatten Sie denn gestern einen schönen Abend mit Ihrem Sohn?«, fragte er in der Hoffnung, den Einsatz der lauten Barockmusik noch etwas hinauszuzögern.

»Sehr harmonisch, in der Tat«, sagte die Gräfin. »Heute trifft er einen Herrn aus Frankreich, einen gewissen Monsieur Hulot, und heute Abend hat er wieder Zeit für mich.«

Kökkenmöddinger schmunzelte. Daher wehte also der Wind. Die alte Dame brauchte vor allem die Aufmerksamkeit ihres Sohnes. Er startete den Wagen und wendete vor dem Hotel. Gerade, als er sich in den Verkehr einfädeln wollte, stieß die Gräfin einen spitzen Schrei aus.

»Was ist denn? Haben Sie etwas vergessen?«

»Halt!«, rief die Gräfin. »Sehen Sie mal, das ist doch Horst.«

Kökkenmöddinger sah hinüber zum Hoteleingang, aus dem jetzt der Graf trat. In diesem Moment hielt ein dunkler Sportwagen am Straßenrand. Eine Frau stieg aus, lief auf den Grafen zu und fiel ihm stürmisch um den Hals. Die Begrüßung wirkte sehr vertraut, und Kökkenmöddinger spürte sogleich einen Stich, der vermutlich nicht vom Muskelkater kam. Er dachte sofort an Jelena und ... Rudi.

»Das ist sicher nicht Monsieur Hulot«, sagte die Gräfin spitz.

»Vielleicht ist es eine Madame Hulot«, warf Kökkenmöddinger ein. Er glaubte, die Frau schon gesehen zu haben, und zwar mit Horst von Gundermark, als die Gräfin letztens in Laubegast ...

»Er steigt zu ihr in den Wagen«, unterbrach sie seine Gedanken. »Los, folgen Sie den beiden!«

»Wie bitte?« Kökkenmöddinger war irritiert. »Sie meinen ...«

»Fragen Sie nicht so blöd!«, herrschte die Gräfin ihn an. »Los!«

Seit Stunden ging es nun kreuz und quer durch Dresden. Doch immerhin hatte sich das gräfliche Bedürfnis nach lautstarker Barockmusik gelegt.

Kökkenmöddinger war froh, dass die Begleitung Horst von Gundermarks so einen auffallenden Sportwagen fuhr. Das erleichterte die Verfolgung im dichten Verkehr doch erheblich. Außerdem fuhr die Dame hauptsächlich schickere Wohngegenden an. Das allerdings nicht auf effektivem Wege, sondern im wilden Zickzack. Manchmal mussten sie bis zu einer halben Stunde vor Villen oder moderneren großen Gebäuden warten.

Die Gräfin zeigte sich nicht sehr gesprächig. Doch ihre zusammengepressten Lippen verrieten innere Anspannung und Gedankenarbeit. Ihre Wortbeiträge beschränkten sich auf Kommandos wie »Nun fahren Sie doch näher heran!« oder »Halten Sie Abstand, sonst bemerken sie uns noch!«.

Kökkenmöddinger erledigte stur seinen Fahrerjob und versuchte, seinen Muskelkater zu ignorieren, der sich inzwischen in nahezu allen Gliedmaßen bemerkbar machte.

Nun hielten sie vor einem Gebäude nahe dem Zoo in der Wiener Straße. Wie schon zuvor stiegen der Graf und seine weibliche Begleitung aus dem Sportwagen und betraten das Haus.

»Interpretiere ich es recht, dass Ihr Sohn sich mit Immobilien befasst?«, fragte Kökkenmöddinger. »Ich meine, beruflich.«

»Nein, das heißt: ja«, war die knappe Antwort.

»Was heißt das?«, hakte er nach. »Er handelt mit Immobilien?«

»Nein.« Die Gräfin räusperte sich. »Er handelt mit Antiquitäten.«

Kökkenmöddinger wandte sich zu ihr um. Sein Nacken schmerzte. »Dann sucht er mit seiner Kundin also spezielle Stücke, nehme ich an.«

»So?« Die alte Dame zog eine Augenbraue hoch. »Ich nehme das nicht an. Vor allem nehme ich nicht an, dass das eine Kundin ist.«

»Mir erscheint das durchaus naheliegend«, entgegnete Kökkenmöddinger.

»Mir aber nicht«, sagte die Gräfin spitz. »Er will mich loswerden. Das ist doch sonnenklar. Altersheime, Betreutes Wohnen, Wohnanlagen für Senioren ...«

Kökkenmöddinger stutzte. Darauf hatte er nicht geachtet. »Moment.« Er ließ den Wagen an und fuhr ein Stück vor, so dass man das Schild am Haus erkennen konnte. »Residenz Villa Valentina« stand auf dem Schild. Das konnte ja nun alles heißen ...

In diesem Moment kam Horst von Gundermark ohne seine Begleitung aus dem Haus. Der Graf kam direkt auf das Taxi zu und winkte.

Kökkenmöddinger blieb nichts anderes übrig, als auszusteigen und ihn zu begrüßen. Ächzend schob er sich aus dem Taxi.

»Guten Tag, Herr Graf. Das ist ja ein Zufall!«

»Ja, eine nette Überraschung.« Der Graf schüttelte ihm die Hand und ging dann um den Wagen herum, um seine Mutter zu begrüßen.

Die allerdings zeigte ihm die kalte Schulter. »Herr Doktor, wir fahren weiter.«

Horst von Gundermark wirkte verwirrt, und Kökkenmöddinger zuckte die Achseln. Aua ... »Ja, dann müssen wir wohl. Ich wünsche erfolgreiche Geschäfte, Herr Graf.«

Kökkenmöddinger stieg zurück ins Taxi.

»Nun fahren Sie schon!«, nörgelte die Gräfin. »Worauf warten Sie denn noch?«

Er fuhr los in Richtung Innenstadt. Die Gräfin schwieg.

»Gnädige Frau, was meinen Sie? Wollen wir uns erstmal Kaffee und Kuchen gönnen?«, versuchte er das Schweigen zu brechen. »Sie haben ja nicht einmal zu Mittag gegessen heute.« Im Rückspiegel bemerkte er, dass sie rote Augen hatte. Weinte die Gräfin etwa? »Nun, was meinen Sie zu Kaffee und Kuchen?«, fragte er erneut. »In der Altstadt gibt es ein schönes Antikcafé voller Antiquitäten.«

Sie schluchzte auf. »Bloß keine Antiquitäten! Alt und gebrechlich bin ich selbst.«

Kökkenmöddinger schluckte. Nun tat ihm die exzentrische alte Dame richtig leid. »Gut, dann suchen wir uns etwas anderes.«

Er lenkte den Wagen an der Altstadt vorbei über die Carolabrücke und geradeaus weiter bis zum Albertplatz und auf die Bautzner Straße. Von dort aus bog er in die innere Neustadt ein, parkte den Wagen und führte die Gräfin in die nächstbeste Shisha-Bar.

Die alte Dame sah sich mit großen Augen um, sagte aber nichts. Kökkenmöddinger beobachtete die Gräfin. Sie saß da, betrachtete eingehend ihre Umgebung und schien hin- und hergerissen zu sein zwischen Interesse und Ablehnung. Genau das war seine Absicht gewesen: Eine radikal veränderte Situation und damit eine Relativierung ihrer Stimmung, denn das adlige Gehirn musste sich nun den unbekannten Reizen widmen.

Dann wurden Kaffee und Whiskey gebracht. Die Gräfin griff zum Glas.

»Ich muss wissen, was genau er vorhat.« Sie nahm einen kräftigen Schluck.

»Wieso fragen Sie Ihren Sohn denn nicht einfach?«, fragte Kökkenmöddinger.

»Hätte er mich denn von vorn bis hinten belogen, wenn er mir die Wahrheit hätte sagen wollen?« Sie trank erneut. »Nein, nein. Wir müssen es herausfinden. Sie, lieber Doktor, müssen die Wahrheit für mich herausfinden.«

Kökkenmöddinger nippte am Kaffee. »Sie meinen, ich soll Ihren Sohn beschatten?«

»Jawohl!« Sie stellte das leere Glas mit Nachdruck auf den Tisch und winkte der Bedienung. »Noch einen!« Dann senkte sie die Stimme. »Wir müssen uns nur etwas einfallen lassen, damit er Sie nicht erkennt.«

Kökkenmöddinger schmunzelte und trank.

»Sie müssen sich kostümieren«, erklärte die Gräfin und schien ihn eingehend zu mustern.

»Wie bitte?« Kökkenmöddinger hätte sich vor Schreck beinahe am Kaffee verschluckt. »Ich glaube kaum, dass das etwas bringt. Schließlich kennt Ihr Sohn mein Taxi.«

»Geben Sie her!« Die Gräfin nahm der Bedienung den Whiskey vom Tablett und trank. »Na warte, Horst!« Sie klang drohend.

# Heinz!

»Kökki, wie schön, dich zu sehen!« Bärbel drückte ihn herzlich an ihren ausladenden Busen. »Heinz hat gar nicht gesagt, dass du kommst.« Sie zog ihn in die Wohnung.

»Wir sind auch nicht verabredet«, erklärte Kökkenmöddinger. »Genau genommen, haben wir uns seit Tagen nicht gesehen. Ich habe zurzeit einen Spezialauftrag.«

»Dieser Graf?«, fragte Bärbel. »Heinz hat mir davon erzählt.«

»Ja, genau genommen ist nicht er der Fahrgast, sondern seine Mutter.« Kökkenmöddinger folgte Bärbel in die Küche. »Und nun wird der Spezialauftrag immer spezieller. Ich brauche Hilfe von Heinz.«

Bärbel deutete auf die Uhr an der Wand. »Heinz wird gleich kommen. Du bleibst doch zum Essen?«

Kökkenmöddinger schnüffelte. »Wenn du das sagst, kann ich nicht widerstehen.«

»Es gibt Königsberger Klopse.« Bärbel hielt ihm einen Löffel hin. »Probier mal die Sauce. Irgendetwas fehlt noch …«

Kökkenmöddinger leckte den Löffel ab. »Senf. Aber es ist immer noch zu säuerlich. Ich würde sagen, drei Löffel Senf und ein Löffelchen Honig.«

»Honig?« Bärbel sah ihn an. »Wie ungewöhnlich.«

»Ja, aber wirkungsvoll.« Kökkenmöddinger nickte. »Ich nehme meist Honigsenf. Hast du den da?«

»Nee, sowas habe ich nicht.« Bärbel öffnete den Kühlschrank und holte ein Eimerchen Bautzner Senf heraus. Dann nahm sie ein Glas Honig vom Regal. Sie löffelte gemäß Kökkenmöddingers Tipps drauflos. »Bier ist in der Kiste dort. Bedien dich.«

Kökkenmöddinger zog zwei Bierflaschen aus dem Kasten.

Freiberger … Warum wollte die Gräfin erneut dorthin? Hatte sie sich nur wegen ihres Sohnes so merkwürdig dort benommen? Oder hatte das andere Ursachen?

»Sehr gut«, sagte Bärbel. »Du hast recht. Der Honig ist das i-Tüpfelchen. So gut waren meine Klopse noch nie.«

»Ach was, du kochst immer fantastisch.« Er öffnete die Bierflasche mit einem Messer. »Soll ich den Tisch decken?«

»Ja bitte.« Bärbel zeigte ihm, wo er Teller, Besteck und Gläser finden würde, während sie munter drauflos plapperte. »Hast du das mit diesen Schmuckräubern mitbekommen? Ist das nicht schrecklich? Sie versetzen die Touristen doch in Angst und Schrecken, und bald will niemand mehr unser schönes Dresden besuchen. Also, ich verstehe das nicht …«

»Das glaube ich nicht«, unterbrach Kökkenmöddinger ihren Wortschwall. »Das scheint sich eher zu einer Art Kult zu entwickeln. Und erst gestern habe ich mitbekommen, dass die Hotels ausgebucht sind.«

»Na, also in den Zeitungen steht das aber anders«, meinte Bärbel.

Kökkenmöddinger stellte die Teller auf den Tisch in der Essecke vor der Küche. »In den Zeitungen steht doch immer Quatsch. Aber Jelena ist an der Geschichte dran …«

»Jelena? Deine hübsche Freundin?« Bärbel brachte eine Schüssel mit dampfenden Kartoffeln.

»Sie ist nicht *meine* Freundin«, stellte Kökkenmöddinger klar. »Sie ist *eine* Freundin. Wir wohnen nur zusammen.«

»Ach so?« Bärbel musterte ihn. »Da hatte ich aber einen anderen Eindruck, als du zuletzt von ihr gesprochen hast.«

»Ja, so kann man sich täuschen.« Kökkenmöddinger ging wieder in die Küche und kramte intensiv in der Besteckschublade.

In diesem Moment hörte man die Wohnungstür und kurz darauf erschien Heinz in der Küche.

»Kökki, altes Haus!« Er klopfte ihm freundschaftlich auf die Schulter.

»Willst du nicht mal deine Bärbel begrüßen?«, fragte Kökkenmöddinger amüsiert. »Bei einer Frau, die so kocht, solltest du nichts riskieren.«

»Ach, Kökki, mich hat er doch immer.« Bärbel tätschelte Heinz den Arm. »Lasst uns essen, bevor es kalt wird.«

Beim Essen trug Kökkenmöddinger sein Anliegen vor. Schließlich war er hier, um die Beschattung im Sinne der Gräfin zu organisieren.

»Und nun willst du also mein Taxi«, stellte Heinz fest. »Ohne Absprache mit der Zentrale.«

Kökkenmöddinger leckte sich die Lippen. Die Klopse waren eine kleine Symphonie. »Es ist ja nur für einen Tag.«

»Gut«, willigte Heinz ein. »Wenn du mir irgendwann demnächst mal erzählst, warum du das ganze Theater veranstaltest.«

»Mache ich, sobald ich es selbst weiß«, versprach Kökkenmöddinger. »Und jetzt brauche ich noch eine Kopfbedeckung, damit man mich nicht sofort erkennt. Hast du irgendwelche Mützen oder Kappen?«

Zwanzig Kopfbedeckungen und einige Biere später hatten sie zwei Kappen für Kökkenmöddingers Kopf gefunden. Das Bier allerdings hatte hauptsächlich Heinz getrunken, denn Kökkenmöddinger musste noch fahren.

Bärbel freute sich immer noch kindlich über ihren Besuch und lief mit einer alten Mütze ihres Mannes auf dem Kopf durch die Wohnung. Auch sie hatte schon einige Biere konsumiert und kicherte albern.

Heinz suchte mehrere Ausgaben von Boulevardblättern heraus und schwadronierte über die Schmuckräuberbande und die Notwendigkeit, diese Unholde zu überwältigen.

Kökkenmöddinger schmunzelte. »Du hörst dich an, als wolltest du dich gleich selbst auf die Lauer legen.«

»Nicht ich. Du!« Heinz boxte ihn in die Seite. »Hast du vergessen, dass du eine ganze Fälscherbande aufgemischt und dabei sogar eine Geisel befreit hast?« Nun legte er Kökkenmöddinger einen Arm um die Schultern. »Außerdem hast du mich bei dem Überfall damals gerettet!« Heinz' Augen wurden feucht. »Du bist ein wahrer Held und ein echter Freund ...«

»Ist ja schon gut«, beschwichtigte Kökkenmöddinger Heinz' Rührseligkeit.

Nun fiel auch noch Bärbel in die Lobeshymne ein: »Ach, Kökki, ohne dich wäre der liebe Heinz vielleicht gar nicht mehr. Du bist etwas ganz Besonderes!«

»Nun ist aber Schluss!«, sagte Kökkenmöddinger energisch und erhob sich. »Ich muss sowieso los.«

Nach einem herzlich-taktilen Abschied saß er kurz darauf in Heinz' Taxi, die beiden Kopfbedeckungen auf dem Beifahrersitz, und fuhr nach Hause. Es war bereits Mitternacht. Um diese Zeit würde der gesundheitsbewusste Rudi sicher schon schlafen. Es sei denn, er und Jelena ... Nicht doch! Kökkenmöddinger wies seine Fantasie zurecht. Denken dieser Art war wie Treibsand. Wenn man zu lange darüber nachdachte, zog einen das nur noch weiter nach unten ... Deshalb dachte er lieber darüber nach, wo er diesen Ausspruch gelesen hatte, kam allerdings zu keinem befriedigenden Ergebnis.

# Ach nee ...

Am Morgen parkte Kökkenmöddinger Heinz' Taxi am Theaterplatz und ging zu Fuß hinüber zum Taschenbergpalais, um die Gräfin zu begrüßen.

Wie vereinbart, erschien Heinz pünktlich mit Kökkenmöddingers Wagen vor dem Hotel. Er stieg aus und kam auf sie zu.

»Gnädige Frau, darf ich Ihnen meinen Kollegen Heinz Gerber vorstellen?« Kökkenmöddinger klopfte Heinz auf die Schulter. »Er ist nicht nur ein Kollege, sondern auch ein sehr guter Freund.«

Heinz reichte artig die Hand, und die Gräfin grüßte gemessen.

Dann wandte sie sich an Kökkenmöddinger. »Lieber Herr Doktor, Sie erwarten doch nicht ernsthaft, dass ich unsere fabelhaften Ausflüge ohne Sie fortsetze?«

»Nun, das werden Sie wohl oder übel müssen«, sagte Kökkenmöddinger lächelnd. »Sonst ist unser Arrangement hinfällig.«

»Dann lassen Sie sich etwas einfallen, Herr Doktor«, verlangte sie. »Ich möchte nicht mit Herrn ... Nun ja, ich möchte nicht mit einem anderen Fahrer Ausflüge unternehmen.«

Heinz sah Kökkenmöddinger fragend an.

»Dann schlage ich vor ...« Kökkenmöddinger rieb sich das Kinn. »Wie wäre es, wenn Sie sich die Sehenswürdigkeiten in der direkten Umgebung anschauen, gnädige Frau?« Er deutete auf die umliegenden Bauwerke. »Hier haben wir direkt den Zwinger mit allerhand Sehenswertem, dort das Residenzschloss. Und ein Stück weiter Richtung Elbe ist die Hofkirche, in der das Herz von August dem Starken in einer Kapsel in der Gruft beigesetzt wurde ...«

»Nur sein Herz?« Heinz verzog das Gesicht.

»Ja«, antwortete Kökkenmöddinger. »Der Rest vom starken August wurde in Warschau beigesetzt. Er war doch König von Polen.«

»Sehr gut, so machen wir es«, willigte die Gräfin ein. »Ich erwarte Sie pünktlich zum Abendessen in meiner Suite. Dann erstatten Sie mir Bericht.«

Sie machte sich hocherhobenen Hauptes hinkend am Stock auf den Weg.

Heinz sah ihr nach. »Das ist ja eine komische Alte.«

Kökkenmöddinger schmunzelte.

»Hast du ihren Schmuck gesehen?« Heinz sah noch immer der hinkenden Gräfin nach. »Das sind ja Klunker. Wenn die mal nicht bald ein Opfer der Schmuckräuber wird …«

»Zerbrich dir mal nicht ihren Kopf«, sagte Kökkenmöddinger lachend. »Ich möchte wetten, sie schlägt jeden Räuber blitzartig in die Flucht. Wenn sich denn überhaupt einer in ihre Nähe traut.« Er warf einen Blick auf die Uhr. »Fast acht. Los, verkrümel dich, bevor der Graf kommt. Er soll dich auf keinen Fall mit meinem Wagen sehen.«

Kökkenmöddinger wartete, bis Heinz samt Taxi verschwunden war. Dann lief er selbst zum Wagen auf dem Theaterplatz, klemmte sich hinters Steuer und zog sich eine Schirmmütze tief ins Gesicht. Keinen Moment zu früh, denn kurz darauf nahm Horst von Gundermark vor dem Hotel *Kempinski* einen großen dunklen Wagen in Empfang. Offenbar hatte ein Hotelangestellter das Auto für ihn aus der Tiefgarage geholt.

Na, dann konnte es ja losgehen. Kökkenmöddinger startete Heinz' Taxi und wartete, bis der Graf an ihm vorbei Richtung Terrassenufer fuhr. Er folgte ihm zunächst in gebührendem Abstand die Elbe entlang Richtung Osten.

Der Graf hatte es offensichtlich nicht besonders eilig, und er schien die Verkehrsregeln sehr ernst zu nehmen. An einer gelben Ampel stieg er derart geistesgegenwärtig in die Bremsen, dass Kökkenmöddinger Mühe hatte, rechtzeitig anzuhalten.

Kökkenmöddinger genoss die Ruhe im Taxi. Doch dann dachte er an Jelena und schaltete das Radio ein. Wenn er Glück hatte, würde er die Halb-neun-Nachrichten mitbekommen und ihre Stimme hören.

Von Gundermarks Wagen bog hinter dem Schillerplatz rechts ab, dann links, wieder rechts und noch einmal links.

Kökkenmöddinger hielt Abstand in den engen, da beidseitig beparkten Straßen.

Der Graf hielt vor einem Häuschen mit idyllisch verwildertem Garten, und Kökkenmöddinger fuhr langsam weiter. Hier würde es auffallen, wenn ein Taxi einfach anhielt, ohne einen Fahrgast auszuspucken oder aufzunehmen.

Im Rückspiegel sah er die Frau, die Horst von Gundermark am Vortag abgeholt hatte. Die Begrüßung wirkte noch eine Spur inniger als am gestrigen Morgen.

Schnell lenkte Kökkenmöddinger das Taxi in der nächsten Querstraße an den Fahrbahnrand und stieg aus, um um die Straßenecke zu schauen.

Er konnte sehen, dass die Frau im Wagen des Grafen Platz nahm. Der Wagen wendete und fuhr die Straße zurück. Kökkenmöddinger wartete ab, in welche Richtung er abbog. Dann sprang er schnell zurück ins Taxi. Mit ein bisschen Glück würde er ihn an der nächsten Hauptstraße wieder einholen.

Und er hatte Glück. Zweimal abbiegen, und der gräfliche Wagen fuhr nur wenige Fahrzeuge vor ihm weiter nach Osten.

Leider hatte Kökkenmöddinger nun doch die Nachrichten und somit Jelenas Stimme verpasst. Er drehte dem belanglosen Hitgedudel die Lautstärke ab. Lieber wollte er die inzwischen ganz ungewohnte Ruhe beim Fahren genießen. Außerdem hatte Jelena ja ihren Rudi …

Sein Handy surrte. Mit zwei gezielten Griffen schloss er es an, so dass er die Freisprechanlage nutzen konnte. Er würde dem Handy heute ja auch wieder eine Stimme geben dürfen.

»Kökki!« Es war Heinz. »Wir haben ein Problem.«

»Was für ein Problem?« Kökkenmöddinger seufzte.

»Ich habe gerade eine Anfrage von der Zentrale bekommen«, sagte Heinz. »Sie sehen, wo mein Wagen ist. Und nun wartet ein Fahrgast in Tolkewitz.«

»*Pokkers!*« Kökkenmöddinger überlegte. »Dann schwing dich ins Taxi und fahr hin. Ich kann schließlich nicht nebenbei noch Fahrgäste kutschieren.« In diesem Moment war er froh, dass die Gräfin nicht auf seinen Vorschlag mit dem Ersatzfahrer angesprungen war.

»Aber die Zentrale sieht doch sofort, dass du eine andere Route fährst«, gab Heinz zu bedenken.

»Egal, wir machen das erstmal so«, erklärte Kökkenmöddinger und beendete das Gespräch. Er musste sich konzentrieren, denn ein Bus hatte sich zwischen den Wagen des Grafen und ihn gedrängt.

An der nächsten Haltestelle unternahm er ein etwas waghalsiges Überholmanöver, das ihm einige gereizte Huper einbrachte. Doch es gelang. Drei Autos waren zwischen ihm und dem Wagen des Grafen. An der nächsten Ampel kam er noch etwas dichter heran.

Wieder surrte das Handy. »Heinz?«

»Ja, also, ich habe eine Fuhre nach Moritzburg, das kann ein bisschen dauern«, sagte Heinz.

»Sehr gut, du musst dich ja nicht beeilen.« Kökkenmöddinger schnaufte. So würden sie zumindest etwas Zeit gewinnen. Allerdings war klar, dass sie die Zentrale nicht lange an der Nase herumführen konnten. Dass er daran vorher nicht gedacht hatte. Diese Geschichte mit Jelena und Rudi hatte ihm tatsächlich das Hirn vernebelt.

Er gewahrte, dass der gräfliche Wagen anhielt. Sie waren in Laubegast angekommen. Kökkenmöddinger erinnerte sich, diese Adresse mit der Gräfin gemeinsam schon einmal – oder zweimal? – angefahren zu haben. Er hielt in einigem Abstand und beobachtete, dass der Graf und seine Begleitung in dem Haus verschwanden.

Er stieg aus und lief die wenigen Schritte dorthin. Nein, das Schild wies keine Seniorenresidenz oder Betreutes Wohnen aus. Hier gab es eine Rechtsanwaltskanzlei und einen Immobilienmakler. Kökkenmöddinger zuckte die Achseln. Er hatte ja schon zuvor vermutet, dass der Graf sich vornehmlich für Immobilien interessierte.

Er trollte sich zurück zu Heinz' Taxi. Er war zwar ganz froh, die anstrengende Gräfin heute nicht kutschieren zu müssen. Die Aussicht auf Wartereien dieser Art war allerdings auch nicht nach seinem Geschmack. Im Übrigen fand er die Sorgen der Gräfin etwas überzogen. Aber so war sie nun mal ... insgesamt etwas überkandidelt in Anspruch und dem Wunsch, im Mittelpunkt zu stehen.

In diesem Moment erschienen Horst von Gundermark und die attraktive Frau wieder vor dem Gebäude. Na also! Für einen Termin beim Rechtsanwalt waren sie viel zu schnell wieder da.

Kökkenmöddinger gähnte. Die beiden Herrschaften hatten fast die gleichen Adressen abgeklappert wie beim letzten Mal. Da sie jedoch immer nur kurz in einem der Gebäude verschwanden, war es zu riskant, Klingelschilder und Umgebung genauer zu erkunden.

Nun fuhr Horst von Gundermark in Richtung Innenstadt. Ob sie ihre Tour beendet hatten und etwas essen wollten? Kökkenmöddinger jedenfalls verspürte einen unbändigen Appetit auf eine große Portion Fleisch mit Klößen und Sauce. Nein, lieber

Pasta ... Dabei musste er nicht an den entsetzlich fröhlichen Rudi denken.

Vom Dr.-Külz-Ring bog die gräfliche Karosse in die Seitenstraße zum Altmarkt ein. Er lag also richtig mit seiner Vermutung. Hoffentlich fuhr von Gundermark nicht ins Parkhaus. Da würde er mit dem Taxi auffallen.

Doch der Wagen des Grafen hielt am Straßenrand, mit Warnblinklicht. Kökkenmöddinger wurde langsamer.

Nun stiegen sie aus und umarmten sich. Keine Frage, die hatten etwas miteinander. Vielleicht war genau das die größte Sorge der Gräfin. Dass ihr Sohn ein eigenes Leben führte ...

Jetzt betraten sie Arm in Arm ein Juweliergeschäft auf der Ecke.

Kökkenmöddinger fuhr im Schritttempo weiter. Hier konnte er nicht anhalten, ohne unangenehm aufzufallen oder gar Fahrgäste auf den Plan zu rufen. Zumal vorn am Altmarkt ein Taxistand war. Sowas sahen die Kollegen nicht gern. Also kroch er weiter bis zur Wilsdruffer Straße, ordnete sich in den Verkehr, um dann am Pirnaischen Platz rechts abzubiegen und eine Runde bis zum Rathaus zu drehen. Vorbei an der Kreuzkirche konnte er sich von hinten wieder einen Weg zum Juweliergeschäft bahnen.

Das Handy meldete einen erneuten Anruf von Heinz.

»Verdammte Scheiße! Ein Ruf zur Frauenkirche«, rief Heinz. »Ich stecke auf der Bautzner im Stau.«

Kökkenmöddinger stöhnte auf. »Welcher Idiot ruft denn ein Taxi zur Frauenkirche? Dort ist doch direkt am Albertinum ein Taxistand.«

»Du weißt doch, dass wir keine Fuhre ablehnen dürfen.« Heinz klang verärgert. »Was machen wir denn jetzt? Übernimmst du?«

»Auf keinen Fall!« Kökkenmöddinger sah den Grafen und seine Begleitung aus dem Juweliergeschäft kommen und ins Auto springen. Die hatten es aber eilig.

»Sag, du brauchst eine Pinkelpause«, schlug Kökkenmöddinger vor. »Und dann übernimmst du an der Frauenkirche.«

Er gab Gas, denn der Graf fuhr mit quietschenden Reifen an, bog direkt ab und fuhr über den Altmarkt hinüber zur Kreuzkirche. Der traute sich ja etwas!

Kökkenmöddinger folgte ihm, allerdings langsamer, um nicht noch mehr Aufsehen zu erregen und um vom Grafen nicht entdeckt zu werden. Der allerdings schien mit seiner ungewöhnlichen Fahrtroute beschäftigt genug.

Auf der Prager Straße wendete er an der Linksabbiegerampel zur anderen Fahrtrichtung. Kökkenmöddinger hatte beim regen Verkehr Mühe, ihn nicht aus den Augen zu verlieren und dennoch die richtige Spur zu wählen. Dann folgte er dem gräflichen Wagen, der erneut Richtung Osten fuhr.

Das Handy surrte.

»Kökki, sag mal, was ist denn mit Heinz los?« Es war die Stimme von Sarah aus der Zentrale.

Kökkenmöddinger schluckte. »Sarah, es tut mir leid, aber mein Fahrgast wünscht keine Gespräche. Ich muss auflegen.«

Er schluckte erneut. Aber er konnte Sarah jetzt nicht die ganze Situation erklären. Er musste sich auf den Wagen des Grafen konzentrieren. Der fuhr offenbar wieder genau dorthin, wo er heute früh die attraktive Dame abgeholt hatte.

Diesmal lenkte Kökkenmöddinger Heinz' Taxi in eine Lücke vor einem der benachbarten Häuser. Er zog sich die Mütze tiefer ins Gesicht und beobachtete, wie die beiden sich verabschiedeten.

Der Graf setzte sich hinters Steuer und wendete seine Limousine, die Frau winkte. Als der gräfliche Wagen näher kam, duckte Kökkenmöddinger sich über den Beifahrersitz, als ob er etwas suchte. Sicherheitshalber blieb er noch etwas länger in dieser Position, bis die Motorengeräusche endgültig verklungen waren.

Er wollte sich gerade wieder aufrichten, als es energisch an die

Beifahrerscheibe klopfte. Kökkenmöddinger fuhr auf und stieß sich den Kopf am Rückspiegel.

Jemand öffnete die Beifahrertür. Er erstarrte. Es war die attraktive weibliche Begleitung des Grafen.

»Hallo! Sind Sie frei?«, fragte sie mit tiefer Stimme.

»Ähm, ja, doch.« Er rief sich zur Ordnung. Er sollte diese Frau nicht so anstarren.

»Sehr gut.« Sie nahm auf dem Beifahrersitz Platz. »Ich muss in die Neustadt. Prießnitzstraße.«

»Gern.« Kökkenmöddinger rückte erst seine Kappe und dann den Rückspiegel zurecht. Bevor er losfuhr, griff er zum Handy. »Heinz, Fuhre in die Neustadt.« Er ließ den Wagen an und schaltete den Taxameter ein. »Geht los.«

»Dresden ist wirklich wunderschön«, plauderte die fremde Frau.

»O ja«, bestätigte Kökkenmöddinger. »Sind Sie Touristin?«

»Nicht direkt. Ich bin beruflich hier. Leider nur für ein paar Tage.« Sie seufzte leise. »Ich würde gern länger bleiben.«

Kökkenmöddinger stutzte. Beruflich also. Sie und der Graf hatten auf ihn eher sehr privat gewirkt.

»Lassen Sie mich raten«, sagte er. »Sie haben mit Kunst zu tun ... beruflich, meine ich.«

»Wie kommen Sie denn darauf?« Sie wirkte amüsiert.

»Kunst, oder vielleicht Antiquitäten?« Er sah sie von der Seite an, während er das Taxi von der Loschwitzer Brücke lenkte und links abbog.

»Nicht direkt, aber so ähnlich.« Sie lachte. »Aber eigentlich geht Sie das nichts an.«

Kökkenmöddinger grinste schief. »Da haben Sie natürlich recht. Entschuldigen Sie meine Neugier.« Er bog links ab auf die Bautzner Straße und fuhr zügig Richtung Neustadt. »Radio?«

Sie nickte. »Gern.«

Er schaltete Radio Elbradar ein, und Musik dudelte leise vor sich hin. Bald darauf ertönte der Jingle für die Regionalnachrichten.

»Machen Sie doch mal etwas lauter, bitte«, verlangte sein Fahrgast.

Kökkenmöddinger entsprach gern ihrem Wunsch. Doch es war nicht Jelenas Stimme, die Neuigkeiten von der Polizeipressekonferenz am Vormittag verkündete.

» ... geht man inzwischen davon aus, dass es sich bei den Schmuckräubern um eine ausländische Bande handelt«, sagte eine männliche Stimme betont sachlich. »Zu den genauen Umständen des jüngsten Raubes wollte sich der Sprecher der Polizei nicht näher äußern. Feststeht, dass die Bande ...«

»Na, die tappen ja noch immer tief im Finstern«, unterbrach die attraktive Brünette die Meldung. »Ich bin nur froh, dass ich in einer kleinen bescheidenen Pension ein Zimmer habe.«

Kökkenmöddinger drehte das Radio wieder leiser. Sie hatten die Neustadt erreicht und bogen nach rechts ab in die Prießnitzstraße.

»Dort vorn ist es.« Die Frau deutete auf einen Altbau mit einer ziemlich heruntergekommenen Fassade. »Halten Sie hier bitte an.«

Kökkenmöddinger stoppte den Wagen. »Das macht dann achtzehn Euro, bitte.«

Sie kramte einen Zwanzig-Euro-Schein hervor. »Stimmt so. Schönen Tag noch.«

»Danke.« Er nahm das Geld entgegen. »Und Ihnen noch gute Geschäfte mit Wertvollem und Schönem.«

Kaum hatte sie die Tür hinter sich geschlossen, surrte Kökkenmöddingers Handy. Heinz.

»Sag mal, was soll das mit dem Rollstuhl im Kofferraum?«, fragte Heinz. »Ich habe mich erschreckt.«

»Lass ihn einfach da drin, der ist für die … Moment!« Kökkenmöddinger sah, dass die attraktive Brünette vor dem heruntergekommenen Haus jemandem zuwinkte. Dann kam ein Mann auf sie zu. Das war doch … Rudi!

Kökkenmöddinger runzelte die Stirn. Warum traf sich Rudi mit dieser Frau? Ausgerechnet mit der vermutlich intimen Freundin des Grafen … Er beobachtete, dass die beiden sich die Hände schüttelten und einige Worte wechselten.

»Bist du noch da?«, fragte Heinz.

»Ja, Moment …« Kökkenmöddinger blinzelte.

Die Brünette ging in das Haus hinein, und Rudi folgte ihr.

»Heinz!«, rief Kökkenmöddinger. »Komm sofort in die Neustadt. Prießnitzstraße. Wir tauschen die Taxis zurück!«

# Von und zu und drunter und drüber

Mit fliegenden Fingern schloss Kökkenmöddinger die Wohnungstür auf. Laute Musik drang aus der Küche und wurde von schrägem Gesang begleitet. Jelena war also zu Hause. Uff.

Er schlich sich zum Esstisch und stellte den Kuchen ab, den er unten in der Bäckerei noch schnell geholt hatte. Dann beobachtete er, wie Jelena mit Handtüchern unter den Füßen um den Schrubber wirbelte. Sie steckte offensichtlich voller Energie. Ihn hatte sie noch gar nicht bemerkt.

»Hallo, meine Liebe!« Kökkenmöddinger erhob die Stimme. »Marzipantorte?«

Sie fuhr herum. »Mein Gott, hast du mich erschreckt! Was tust du denn hier?«

Kökkenmöddinger schmunzelte. »Ich wohne hier. Und ich wollte dich mit einem Stück Torte daran erinnern.«

Sie lehnte den Schrubber an die Wand und schob den Putzeimer beiseite. Dann wischte sie sich die Finger an der Jeans ab und wickelte den Kuchen aus.

»Mmh, du solltest mich öfter an irgendwas erinnern.« Sie lachte. »Kaffee habe ich eben gekocht, ist also schon fertig.«

Sie deckten gemeinsam den Tisch, und Kökkenmöddinger ertappte sich dabei, Jelena zu beobachten.

»Stimmt etwas nicht?« Sie hatte es offenbar auch bemerkt.

»O nein.« Er schüttelte den Kopf. »Ich frage mich nur, wie es dir eigentlich so geht. Wir haben uns lange nicht mehr ... persönlich ... unterhalten.«

»Du bist ja süß.« Jelena lachte. »Gut geht es mir. Warum fragst du? Wirke ich irgendwie frustriert?«

»Nein, nein«, wehrte er ab. »Übrigens hattest du mir doch diese Aufzeichnungen gegeben …«

»Ja.« Sie lief zum Regal hinüber und nahm den Stapel Blätter mit zum Tisch. »Die liegen noch hier. Ich dachte schon, du hättest sie übersehen. Konntest du etwas damit anfangen?«

»Nicht so richtig«, gab Kökkenmöddinger zu. »Ich konnte das Meiste kaum entziffern.«

Jelena schob sich eine Haarsträhne hinters Ohr und blickte auf ihre Aufzeichnungen. »Na, dann lass es uns bei Kaffee und Kuchen doch mal durchgehen. Ich habe für den Rest des Tages frei.«

»Gut.« Kökkenmöddinger schenkte Kaffee ein und setzte sich. »Wo ist eigentlich Rudi?«

Jelena blickte kurz von den Aufzeichnungen auf und zuckte die Achseln. »Ich nehme an, bei der Arbeit.« Dann zog sie ein Blatt hervor. »Also, hier habe ich eine Zusammenstellung dessen, was mir meine frühere Studienfreundin erzählt hat. Du weißt schon, die für dieses Adelsblatt arbeitet. Du musst dir mal vorstellen, die haben die Redaktionswände voll mit den Stammbäumen und Verwandtschaftsverhältnissen aller europäischen Adelshäuser.«

Kökkenmöddinger war mit seinen Gedanken noch halb bei Rudi. Sollte er erwähnen, dass er ihn gesehen hatte? Er schaufelte zwei Tortenstücke auf die Teller.

»Und die von Gundermarks sind von europäischer Bedeutung?«, fragte er.

»Nein, nicht so sehr, wenn ich das recht verstanden habe«, sagte Jelena. »Diese Adelskreise sind ein eigener Verein. Für die Regenbogenpresse sind sowieso nur die schillernden Gestalten interessant. Aber man kennt offenbar auch den verarmten Landadel. Deine Gräfin scheint in jüngeren Jahren so eine Art Partykönigin gewesen zu sein.«

Kökkenmöddinger hatte sofort die Melodie von »Königin der Nacht« im Ohr und musste unwillkürlich schmunzeln. Er konnte

95

sich lebhaft vorstellen, dass die Gräfin eine Reihe von Verehrern gehabt hatte – und alle immer unter Kontrolle.

»Sie ist eine Geborene von Hochberg und hat den Grafen Eugen von Gundermark recht spät geehelicht«, erklärte Jelena.

»Sie hat ihren verstorbenen Gatten bisher nur einmal erwähnt«, glaubte Kökkenmöddinger sich zu erinnern. »Das klang allerdings nicht nach großer Liebe.«

»Warum auch?« Jelena sah ihn aus großen Augen an. »Die Familie deiner Gräfin war schon im Laufe des letzten Jahrhunderts verarmt. Sie wird Eugen von Gundermark wegen des Geldes und wegen der gesellschaftlichen Stellung geheiratet haben.«

»Das ist ja wie im Mittelalter.« Kökkenmöddinger schnaubte verächtlich. »Wieso gehen Menschen heute noch so miteinander um?«

»Ach, Kökki.« Jelena wuschelte ihm durch die Haare. »Du bist und bleibst ein Romantiker. Süß, aber weltfremd.«

»Lass das!« Er schüttelte ihre Berührung ab. »Wieso bin ich weltfremd, nur weil ich kein abgebrühter Idiot bin?«

»Weil die Welt nun mal nach den Regeln der abgebrühten Idioten funktioniert«, erklärte Jelena ungerührt.

»Und du fremdelst nicht mit dieser Welt?«, fragte er erstaunt.

»Sie behagt mir nicht«, gab Jelena zu. »Aber ich wundere mich nicht mehr darüber. Heute zum Beispiel …« Sie nahm einen Schluck Kaffee. »Heute wurde am helllichten Tag ein Juwelier in der Altstadt überfallen.«

Kökkenmöddinger stutzte. »Gut, oder auch nicht gut. Gesetzeswidrig. Aber wo sind da die abgebrühten Idioten? Menschen, die das Gesetz brechen?«

»Ja, die sind abgebrüht«, stimmte Jelena zu. »Idiotisch ist die kalkulierte Möglichkeit. Es gibt jede Menge Sicherheitsvorkehrungen, die aber offenbar so konzipiert sind, dass sich nicht wirklich funktionieren.«

»Würden sie funktionieren, bräuchte man ja keine Versicherungen mehr«, setzte Kökkenmöddinger hinzu. »Ein selbstreferentielles System. Die Gesellschaft setzt sich doch aus einer Vielzahl dieser Systeme zusammen.«

Jelena sah ihn an. »An welche denkst du dabei?«

»Steuern«, antwortete Kökkenmöddinger prompt. »Ohne dieses aufgeblähte System voller Schlupflöcher wäre die ganze Branche der Steuerberater überflüssig. Und das System ist auch noch so komplex, dass die Steuerberater selbst Fehler machen müssen, damit wiederum andere Steuerexperten ihnen diese nachweisen können. Auch hier ist Gesetzesbruch auf hohem Niveau quasi einkalkuliert, ohne kalkulierbar zu sein.«

»Wow.« Jelena nickte. »Okay, du bist nicht weltfremd. Aber trotzdem irgendwie ...« Ihre Hand näherte sich erneut seinem Haarschopf.

»Lass das!« Kökkenmöddinger hatte sich selbst in schlechte Laune hinein argumentiert. Er wollte solcherlei Gedanken abschütteln. »Und was hat es nun mit der abgebrühten Gräfin auf sich? Hat sie sich mit Eugen von Gundermark saniert?«

Jelena wandte sich wieder ihren Notizen zu. »Meine Güte, ich kann das selbst kaum lesen. Ich musste das alles beim Telefonat schnell mitkupfern ... Warte mal! Der Graf ist gestorben, als der Sohn der beiden noch zur Schule ging. Und er hat Schulden hinterlassen. Geblieben ist der Gräfin nur die Stadtvilla in Görlitz, in der sie und ihr Sohn leben. Er hat dort einen Antiquitäten...«

»Wie bitte?«, ging Kökkenmöddinger dazwischen. »Die sind verarmter Adel, leben in Görlitz und residieren hier im *Kempinski*? Bist du sicher, dass deine Adelsexpertin die richtigen von Gundermarks ausgegraben hat?«

»Ja, schon. Sie ist an der Geschichte mit dem neu entdeckten Zug voller Nazigold in Niederschlesien dran«, erklärte Jelena.

»Der wurde angeblich in den unterirdischen Gängen von Schloss Fürstenstein in Niederschlesien entdeckt.«

Kökkenmöddinger erinnerte sich vage an die wenigen Wörter, die er spontan hatte entziffern können. »Und was hat die Gräfin mit dem Nazigold zu tun? Man kann ihr ja viel nachsagen, aber für die Nazizeit ist sie einfach zu jung.«

»Sie und ihre Familie sowie die von Gundermarks stammen aus Waldenburg in Niederschlesien.« Jelena deutete auf ihre Unterlagen. »Die Vorfahren der Gräfin haben bis 1928 auf Schloss Fürstenstein gelebt. Später wurde es von der SS genutzt und dann von russischen Truppen. Heute ist es Staatsbesitz.«

Kökkenmöddinger zuckte die Achseln. »Vermutlich hat sie deshalb eine gewisse Arroganz, das ist wohl so eine Art adliger Sozialneid.« Er leerte seine Kaffeetasse. »Wie spät ist es?«

»Ups, schon fast sieben.« Jelena deutete auf die Uhr. »War wohl ein etwas langer Kaffeeklatsch.

»Oje, ich muss los.« Kökkenmöddinger stand auf. »Die olle Gräfin erwartet mich in ihrer Suite.«

Jelena kicherte. »Ich sehe schon, deine neue Freundin hält dich ganz schön auf Trab.«


»Das sind Sie ja endlich, Herr Doktor«, begrüßte die Gräfin ihn wenig später. »Ich hatte schon befürchtet, Sie würden mich versetzen.«

»Nicht doch, Frau Gräfin«, entgegnete Kökkenmöddinger. »Ich wurde nur noch kurz aufgehalten. Privat.«

»Etwa eine Frau?« Sie musterte ihn. »Das ist natürlich etwas anderes.«

Kökkenmöddinger ließ das einfach mal so stehen. Zum einen weil sie richtig lag mit ihrer Vermutung, zum anderen weil er keine Lust auf Erklärungen hatte.

»Kommen Sie.« Sie ging voraus durch ein edel eingerichtetes

Zimmer in einen weiteren, ebenso stilvoll möblierten Raum mit Kamin und Erker. »Ich habe uns etwas zu essen bestellt: ein Karotten-Ingwer-Süppchen, etwas Lachstatar und Geflügel in Blätterteig. Sie mögen doch Spinat?«

Kökkenmöddinger spürte vermehrten Speichelfluss beim Anblick der Speisen, denn die Gräfin lüftete präsentierfreudig die warmhaltenden Hauben.

»Ich muss gestehen, dass es so ziemlich nichts gibt, was ich nicht mag, abgesehen von Haferflocken und Tomatensaft.« Er schmunzelte. »Sie besitzen wirklich einen Gourmet-Gaumen.«

»Ja, so ist es«, konstatierte die Gräfin. »Und mit Ihnen esse ich besonders gern. Sie müssen wissen, mein kleiner Horst … Nun, er ernährt sich vegetarisch. Das ist kein Gaumenschmaus, wenn jemand beim gemeinsamen Speisen vor sich hin vegetiert.«

Er grinste und nahm den angebotenen Platz ein. »Allerdings gibt es doch inzwischen durchaus raffinierte vegetarische Gerichte.«

»Ach, es gibt so viel angeblich Raffiniertes, das mich zu Tode langweilt.« Sie seufzte. »Was haben Sie denn heute herausgefunden? Horst sucht ein Seniorenheim für mich, habe ich recht?«

Sie nahm eine Flasche aus dem Kühler und schenkte Weißwein ein.

»Den Eindruck konnte ich nicht gewinnen«, erklärte Kökkenmöddinger und berichtete über den Verlauf der gräflichen Route, während sie sich beide dem Karotten-Ingwer-Süppchen widmeten.

Erst nach einigen Bissen Lachstatar kam er auf Horst von Gundermarks weibliche Begleitung zu sprechen. »Ich denke, Ihr Sohn hat ein intimes Verhältnis zu dieser Dame. Aber da erzähle ich Ihnen sicher nichts, was Sie nicht schon selbst vermuten …«

»Ganz recht.« Die Gräfin machte ein besorgtes Gesicht. »Es ist nicht die erste Frau, die sich wegen des Geldes an meinen armen Horst heranmacht.«

Kökkenmöddinger dachte an Jelenas Bericht über die Familie

von Gundermark. »Verzeihen Sie, wenn ich so direkt frage, aber ist Ihr Sohn denn tatsächlich so vermögend, dass er quasi Heiratsschwindlerinnen anzieht?«

»Sagen Sie bloß, Sie trauen dieser Frau über den Weg«, erwiderte die Gräfin. »Das Lachstatar ist übrigens ganz vorzüglich, finden Sie nicht?«

»Ganz ohne Zweifel.« Kökkenmöddinger schmunzelte. »Sie sollten diese Frau selbst unter die Lupe nehmen. Bei Ihrer Menschenkenntnis wird sich die Situation sicherlich klären.«

»Herr Dr. Kökkenmöddinger!« Die Gräfin sah ihn an. »Ich schätze Ihre Kooperation sehr. Und auch Ihr Engagement weiß ich durchaus zu würdigen. Allerdings wünsche ich keine ungebetenen Ratschläge.« Sie nahm zwei weitere Teller vom Servierwagen. »Kommen wir nun zum Geflügel in Blätterteig.«

Kökkenmöddinger runzelte die Stirn. »Geflügel in Blätterteig ist immer ein Argument.«

Schweigend nahmen sie die nächste Speise zu sich. Einen Moment lang fragte er sich, warum die Gräfin zum Essen keine ihrer bevorzugten Barockmusiken hörte. Aber er würde einen Teufel tun und nachfragen. Kökkenmöddinger genoss die Ruhe und das hervorragende Essen.

»Geeiste Eierschecke?«, fragte die Gräfin und legte ihr Besteck parallel auf den Teller.

Kökkenmöddinger hätte sich am liebsten zurückgelehnt und sich den Bauch gekrault. Er war satt und zufrieden. »Nein, danke. Für mich keinen Nachtisch.« Erstaunlich, was diese kleine und zierliche Frau alles in sich hineinstopfen konnte.

Die Gräfin stand auf und ging zum Telefon, das auf einem kleinen Tisch stand. »Von Gundermark, zwei Espressi auf meine Suite bitte!«

Sie wandte sich um. »Sie interessieren sich doch für Schönheit, nicht wahr?«

Kökkenmöddinger sah auf. »Schönheit?« Im Augenblick interessierte er sich vor allem für seine Verdauung und wäre am liebsten schnell nach Hause ins Bett verschwunden. »Meinen Sie den oberflächlichen Schein im rein ästhetischen Sinne, oder die Schönheit, die das Gute verkörpert?«

Die Gräfin lachte. »Nehmen Sie noch ein Glas Wein!« Sie schenkte nach, obwohl Kökkenmöddinger abwehrend die Hand hob. »Ich meine den tiefen Wert des Guten als Ausdruck vollkommener Schönheit. Folgen Sie mir!«

Sie hinkte, das Weinglas in der Hand nach nebenan, und Kökkenmöddinger zögerte. Wollte sie ihm etwas zeigen? Genau genommen, begriff er überhaupt nicht, wovon sie eigentlich sprach. Und so neugierig er auch sonst war, im Moment interessierte ihn dieser ganze Adelsquatsch nicht wirklich. Er war vollgefressen, müde und wollte zu Jelena. Ob Rudi inzwischen zu Hause war?

Missmutig erhob sich Kökkenmöddinger und folgte der Gräfin in das Zimmer nebenan, in dessen Mitte ein riesiges Himmelbett stand.

Die Gräfin hatte das Weinglas abgestellt, kramte in einer Kommode herum und zog einige Ketten, Broschen und Ohrringe hervor. Allesamt exklusiv wirkende Schmuckstücke, die Kökkenmöddinger zum Großteil in den letzten Tagen an ihr gesehen hatte.

»Schauen Sie nur, Herr Doktor.« Sie zeigte Kökkenmöddinger einige Ringe. »Das ist Familienschmuck. Darunter sind sogar Siegelringe meiner Verwandtschaft aus dem 17. und 18. Jahrhundert.«

Kökkenmöddinger warf einen Blick auf die tatsächlich sehr gut erhaltenen Schmuckstücke.

»Ich lasse alles regelmäßig reinigen, damit es hübsch bleibt«, sagte sie mit einem geradezu andächtig wirkenden Lächeln.

Kökkenmöddinger lächelte ebenfalls. »Ich frage mich, warum

ich mit Ihnen in Museen und Schlösser gehe, wenn Sie selbst eine viel hübschere Sammlung bei sich haben.«

»Ich möchte zu gern wissen, wie viele wichtige Briefe meine Ahnen anhand dieser Ringe mit dem Familienwappen versiegelt haben.« Sie schien die Verzierungen der Ringe genau zu betrachten. »Heutzutage schreibt man ja kaum noch Briefe. Und wenn, dann sind sie kaum versiegelt.«

»Sie haben wirklich sehr hübschen Familienschmuck.« Kökkenmöddinger beobachtete, wie sie immer mehr Ketten und Ohrringe hervorkramte. »Das muss ein Vermögen wert sein. Ist es nicht etwas nachlässig, solche Werte hier einfach so in der Schublade zu haben? Noch dazu, wenn zurzeit diese Schmuckräuber ihr Unwesen treiben.«

»Ach, Herr Doktor ...«, hob die Gräfin an, als es klingelte. »Oh, das wird der Espresso sein. Wären Sie wohl so freundlich ...?«

Er verließ den Raum und fand mit einigen Irritationen die Eingangstür zur Suite. Ein Servicemitarbeiter schob einen Servierwagen mit italienischer Espressokanne, Geschirr und einigen verdeckten Tellern schnurstracks in das Erkerzimmer.

Die Gräfin hinkte herbei. »Sehr gut. Den Rest machen wir selbst.« Sie steckte dem Servicemann etwas zu – vermutlich Trinkgeld – und griff zur Kanne, um einzuschenken.

Kökkenmöddinger warf einen verstohlenen Blick auf die Uhr. Es war nach einundzwanzig Uhr. Er wunderte sich, dass die alte Dame jetzt noch Espresso trank. Dann schaufelte er einige Löffel braunen Rohrzucker in seine Tasse und ließ den kleinen Löffel kreisen.

Die Gräfin plapperte munter drauflos, und Kökkenmöddinger hatte Mühe, ihr gedanklich zu folgen. Er schlürfte seinen Espresso und begann zunehmend, sich nach seinem Bett zu sehnen.

Es klingelte erneut.

»Nein, lassen Sie nur.« Die Gräfin hinkte aus dem Zimmer.

Kurz darauf hörte Kökkenmöddinger die Stimme des Grafen.

»Mutter, der ganze Schmuck! Du hast alles bei dir?«

»Natürlich«, entgegnete sie. »Die Villa ist mir dafür zu unsicher, wenn wir unterwegs sind.«

»Mutter! So geht das nicht!« Der Graf klang aufgebracht.

»Reiß dich zusammen, Horst«, sagte sie streng. »Ich habe Besuch.«

Nun kam die Gräfin mit ihrem Sohn ins Erkerzimmer. Kökkenmöddinger erhob sich. Der Gedanke daran, dass er Horst von Gundermark heute schon stundenlang beschattet hatte, flößte ihm Unbehagen ein.

»Oh, Herr Kökkenmöddinger, ich freue mich«, begrüßte der Graf ihn.

Kökkenmöddinger unterdrückte ein Gähnen. »Ich wollte mich gerade verabschieden«, sagte er lahm.

Die Gräfin lächelte. »Ja, wir sehen uns ja morgen früh.«

»Ich will Sie aber nicht vertreiben.« Der Graf reichte ihm die Hand, wobei offenblieb, ob zur Begrüßung oder zur Verabschiedung.

Kökkenmöddinger jedenfalls war froh, endlich gehen zu können, ohne unhöflich zu sein. In wenigen Stunden würde er schließlich wieder mit der Gräfin auf Kulturtour sein.

# Juwelen!

Als Kökkenmöddinger am Morgen in die Küche schlurfte, duftete es nach Kaffee und frischen Brötchen. Und so angenehm der Anblick der vollen Kanne und des appetitlichen Brotkorbs auch war. Daneben stand der rastlose Rudi und verbreitete penetrant gute Laune.

»Guten Morgen, Kökki!« Er klopfte ihm auf die Schulter. »Das ist wunderbar, dass wir zusammen frühstücken können. Setz dich!«

»Mrgn«, stieß Kökkenmöddinger zwischen den Zähnen hervor. »Kaffee!«

»Gern.« Rudi reichte ihm breit grinsend eine Tasse. »Ich muss sagen, dass ich mich bei euch wirklich sehr wohl fühle.«

»Schön«, brummelte Kökkenmöddinger in seine Kaffeetasse und hätte am liebsten hinzugesetzt: ›Hoffentlich nicht mehr allzu lange.‹ Dann erinnerte er sich wieder daran, dass er Rudi mit dieser Frau gesehen hatte.

»Ein bisschen Musik?«, fragte Rudi und lief zum Radio.

»O nein, bitte nicht!« Kökkenmöddinger trank. »Ich bin heute wieder mit meiner barockverrückten Gräfin unterwegs und werde stundenlang laut beschallt.«

»Igitt!« Rudi schüttelte sich wie ein junger Hund. »Ich mag diesen Klassikscheiß auch nicht.«

»Ich schon«, widersprach Kökkenmöddinger. »Manche Stücke gefallen mir sehr gut. Die alte Dame betreibt ihre Leidenschaft nur allzu penetrant.« Kökkenmöddinger leerte seine Tasse und füllte Kaffee nach. »Aber die Kundin ist nun mal Königin.«

Rudi lachte herzhaft. »Warte mal, ich glaube, da habe ich etwas für dich!« Er verschwand kurz im Bad und kam mit einer kleinen Plastiktüte zurück, die er Kökkenmöddinger auf den Tisch legte.

»Was ist das?« Kökkenmöddinger griff nach dem zugeschweißten Tütchen, in dem zwei gelbe knopfartige Teile steckten.

»Ohrstöpsel.« Rudi setzte sich und schnitt Brötchen auf. »Damit hast du Ruhe.«

»Danke.« Kökkenmöddinger grinste schief. Immerhin war der rastlose Rudi ein engagierter Ratgeber.

»Möchtest du Käse oder Wurst auf dein Brötchen?« Er schmierte Butter auf beide Brötchenhälften.

»Wie bitte?« Kökkenmöddinger musterte ihn erstaunt.

»Was möchtest du auf dein Brötchen?«, wiederholte Rudi unverdrossen. »Käse oder Wurst? Ich schmiere dir eins.«

Kökkenmöddinger schüttelte den Kopf. »Lass mal, das kann ich gerade noch selbst.« Er warf einen Blick auf die Uhr. »Ich muss sowieso los.«

Als er wenig später vor dem Hotel der Gräfin hielt, hatte er doch tatsächlich ein Wurst- und ein Käsebrötchen dabei. Rudi hatte sich nicht davon abbringen lassen, ihn geradezu mütterlich mit Proviant zu versorgen. Nun fuhr Kökkenmöddinger also eine Brotdose auf dem Beifahrersitz spazieren.

Er wollte gerade die Nachrichten auf seinem Smartphone abrufen, als die Gräfin auch schon im Hoteleingang erschien. Also steckte Kökkenmöddinger das Smartphone weg, stieg aus und lief der alten Dame entgegen.

»Guten Morgen, gnädige Frau! Ich hoffe, Sie haben gut geschlafen trotz des späten Espressos«, begrüßte er sie.

»Natürlich.« Die Gräfin nickte und hakte sich bei ihm unter. »Es geht doch nichts über einen Kaffee kurz vor dem Schlafengehen.«

»Und wohin fahren wir heute?« Er öffnete ihr die Autotür.

»Freiberg.« Die Gräfin zog eine CD-Hülle aus der Tasche. »Händel.«

Kökkenmöddinger nahm die CD, schloss die Tür und schnaufte. Bei dem Gedanken an den letzten Ausflug dorthin spürte er sogleich wieder seine Muskeln.

Er setzte sich hinters Steuer und wechselte den Tonträger. Händel, nun ja. Er hatte ja die Ohrstöpsel, für alle Fälle.

»Was riecht denn hier so ordinär?« Die Gräfin rümpfte die adlige Nase. »Das ist ja unschön.«

Kökkenmöddinger sah sich einen Moment lang ratlos um. Dann fiel sein Blick auf die Brotdose auf dem Beifahrersitz.

»Da haben wir ja den Übeltäter, der Ihre Nase beleidigt.« Er grinste, schnappte sich die Dose, stieg aus und legte sie in den Kofferraum zu dem Rollstuhl. Den würde er der Gräfin heute gar nicht erst anbieten.

»Ist es Ihnen recht, wenn wir heute die Autobahn nehmen?«, fragte er die Gräfin. »Das geht schneller.«

»Wenn Sie es eilig haben. Mir soll es recht sein. Ich bin ohnehin zu alt, um meine Zeit zu vertrödeln.«

Kökkenmöddinger machte die Musik an und fuhr los. Kaum hatten sie die Stadtgrenze erreicht, kam von hinten das Kommando »Lauter!«.

»Aber gern.« Kökkenmöddinger steckte sich die Stöpsel in die Ohren und drehte die Lautstärke auf dreißig. »So besser?«, grölte er und sah in den Rückspiegel.

Die Gräfin lehnte sich zurück und schloss die Augen.

Kökkenmöddinger bekam von Händels Feuerwerksmusik nur einige auditive Knalleffekte mit.


»Da! Da vorn ist es!«, rief die Gräfin. »Nun machen Sie doch mal die Musik leiser!«

Kökkenmöddinger hatte bereits einen Ohrstöpsel entfernt und drehte Händel den Ton ab, während er das Taxi langsam über den großen Platz steuerte.

»Da ist ein großes Transparent: ›Schloss Freudenstein – Fliegende Juwelen‹.« Sie zeigte hinaus. »Das sieht doch aus wie ein Schloss.«

Kökkenmöddinger fuhr den Wagen an die Seite und hielt an.

Entgegen ihrer sonstigen Gewohnheiten war die Gräfin bereits ausgestiegen, als Kökkenmöddinger ihr die Tür öffnen wollte.

»Fliegende Juwelen. Da müssen wir hin.« Sie ging voraus, und Kökkenmöddinger staunte über ihre plötzliche Geschwindigkeit. Sie hinkte kaum.

»Sie laufen heute aber sehr viel leichtfüßiger als sonst«, sagte er anerkennend.

»Wie?« Sie wandte sich abrupt um. »Ja, meinem Bein geht es heute erstaunlich gut.«

»Das freut mich aber.« Kökkenmöddinger zögerte. »Darf ich fragen, was Ihr Gebrechen ist?«

»Mein Bein.« Sie hinkte nun doch wieder ein wenig mehr. »Ich möchte nicht über Krankheiten sprechen.«

Sie hatten den Schlosshof erreicht, und Kökkenmöddinger reichte der Gräfin seinen Arm.

»Wissen Sie, Herr Doktor, eine solche Ausstellung wollte ich immer schon mal sehen«, flötete die Gräfin und nahm ihren sicherlich wertvollen Kettenanhänger in die freie Hand.

Kökkenmöddinger stutzte am Eingang zur Ausstellung. »Sie interessieren sich für Geologie und die Gesteine? Das wusste ich gar nicht. Da finden wir hier in der Umgebung viel Spannendes. Ich habe zum Beispiel einen Bekannten an der Uni…«

»Geologie? Nicht doch«, entgegnete die Gräfin. »Juwelen!«

Kökkenmöddinger schüttelte den Kopf. »Natürlich Geologie. Das ist eine Ausstellung der Gesteinsjuwelen.«

»Wie bitte?« Die Gräfin zog eine Schnute wie eine verzogene Göre. »Das glaube ich nicht!«

»Doch«, erwiderte Kökkenmöddinger. »Schauen Sie, *terra mineralia …*«

»O nein.« Sie machte sich von seinem Arm los und wandte sich ab. »So ein Quatsch interessiert mich nicht. Wir gehen!«

Kökkenmöddinger spürte sein Handy in der Jackentasche zucken. »Ähm, gehen Sie doch schon mal zurück zum Wagen, ich muss nochmal eben verschwinden.« Er ging in Richtung Toiletten, bis er außer Sichtweite der Gräfin war. Diverse Anrufe aus der Zentrale … *Pokkers!*

Schnell drückte er die Kurzwahl.

»Kökki! Na endlich!« Sarah klang aufgeregt. »Sag mal, was war da los? Die Chefin will dich sprechen. Sofort!«

Kökkenmöddinger schluckte. Offenbar war der Taxitausch mit Heinz doch nicht unbemerkt geblieben. »Ähm, hallo Sarah. Also, sofort wird schwierig, ich bin in Freiberg.«

»Was um aller Welt tust du denn in Freiberg?« Sarah schien wirklich unter Druck zu stehen.

»Ich habe doch die Dauerbuchung als Kulturtaxi für den Grafen von Gundermark«, erinnerte Kökkenmöddinger sie vorsichtig. »Ich chauffiere seine Mutter …«

»Gut, dann eben in einer Stunde«, unterbrach Sarah ihn. »Dann muss Heinz eben noch warten. Aber beweg deinen Hintern hierher!«

Schweigen. Sie hatte das Gespräch beendet.

Kökkenmöddinger seufzte. Das klang nach Ärger. Schnell lief er hinaus zum Taxi. Hoffentlich zickte die Gräfin jetzt nicht auch noch herum.

Als er am Wagen ankam, riss er die Tür auf und wollte gerade zu einer Erklärung ansetzen, als er bemerkte, dass die alte Dame gar nicht auf dem Rücksitz saß. Nanu? Wo war sie denn?

Kökkenmöddinger sah sich auf dem großen Vorplatz von Schloss Freudenstein um. Eine Handvoll Menschen schlenderte herum, doch die markante Erscheinung der Gräfin war nirgendwo auszumachen. Ach, nee! Jetzt musste er die exzentrische Dame auch noch wieder einfangen …

Er ermahnte sich zur Überlegung. Sie waren schließlich schon einmal hier gewesen. Er musste nachdenken, wohin sie gegangen sein könnte.

Wie immer bei Stress spürte Kökkenmöddinger ein leichtes Grummeln in der Magengegend. Die Brötchen! Der fürsorgliche Rudi hatte ihm doch Brötchen geschmiert. Kökkenmöddinger öffnete den Kofferraum, griff nach der Brötchendose und stutzte. Der Faltrollstuhl war weg. Hatte Heinz den herausgenommen? Nein, als er die Brötchendose vor der empfindlichen Nase der Gräfin verbannt hatte, war der Rollstuhl noch im Kofferraum gewesen …

Fast drei Stunden und einige weitere Stresstelefonate später hatte Kökkenmöddinger die Gräfin endlich wieder nach Dresden in ihr Hotel bugsiert.

Er hatte fast die gesamte Altstadt von Freiberg nach ihr abgesucht, bis er sie schließlich in der Grablege des Doms bei den Wettinern gefunden hatte. Wie beim letzten Besuch hatte er sie unter ihrem lautstarken Protest einfach hinausgeschoben, böse Blicke geerntet, sich jedoch nicht beirren lassen. Er war sauer. Und wenn er einmal richtig sauer war, wurde er stur.

Kökkenmöddinger stellte den Wagen auf dem Parkplatz der Taxizentrale ab und betrat das Gebäude. Dann lief er hinauf zu den Büros, klopfte an der Tür der Chefin und trat ein.

»Herr Kökkenmöddinger, nehmen Sie Platz.« Sie erhob sich zwar, gab ihm jedoch nicht wie üblich die Hand.

»Guten Tag, Frau Walter.« Er war außer Atem. »Sarah sagte,

Sie wollten mich dringend sprechen. Es ging leider nicht schneller. Ich habe derzeit einen sehr speziellen Dauerfahrgast.«

Sie nickte.»Ich weiß, ich weiß, diesen Grafen von und zu, der nur Sie als Fahrer akzeptiert.«

Kökkenmöddinger setzte sich auf den Besucherstuhl.»Hat der Graf sich denn beschwert?«

»Nein, keineswegs.« Die Chefin schüttelte den Kopf.»Aber Sie haben das Taxi vom Kollegen Gerber genutzt ...«

»Von Heinz? Ja, wir haben kurz mal die Wagen getauscht«, sagte Kökkenmöddinger schnell.

»Ohne jede Absprache«, stellte sie fest.

»Nun, ich hatte es mit Heinz abgesprochen«, erklärte Kökkenmöddinger.»Und es war nur kurz, für einen Sonderauftrag.«

»Noch ein Sonderauftrag?« Sie räusperte sich.»Sie sind ja durchaus mein Mann für lukrative Sonderaufträge. Allerdings Heinz Gerber ...«

»Wir sind befreundet«, setzte Kökkenmöddinger schnell hinzu.»Heinz hat mir nur einen Gefallen getan.«

»Aber er hat uns nicht informiert!«

»Das ist meine Schuld.« Kökkenmöddinger sah seine Chefin direkt an.»Ich habe es versäumt, mich darum zu kümmern. Heinz kann wirklich nichts dafür.«

»So geht das aber nicht«, sagte sie streng.»Gerber hat seine Fuhren nicht ordnungsgemäß erledigt und Umsatzeinbußen produziert.«

»Er konnte doch nicht anders, weil ich seinen Wagen hatte.« Kökkenmöddinger schnaufte.»Wir haben uns per Telefon koordiniert. Ich glaube kaum, dass er viel Einbußen hatte. Im Übrigen stehe ich natürlich dafür gerade. Ich zahle den Ausfall.«

Die Chefin spielte mit einem Kugelschreiber.»Gut, gut. Es geht mir auch weniger ums Geld, vielmehr ums Prinzip. Der Kollege Gerber wird eine Abmahnung erhalten ...«

»Nicht doch!«, warf Kökkenmöddinger ein. »Reicht es nicht, wenn ich eine Abmahnung bekomme?«

»Nein.« Sie erhob sich und kam um ihren Chefschreibtisch herum. »Er hätte sich nicht auf Ihren Vorschlag einlassen dürfen, ohne das in der Zentrale abzusprechen.«

»Ja, aber wenn er sich darauf verlassen hat, dass ich das tue …«, wagte er einen weiteren Vorstoß.

»Sie, mein lieber Kökkenmöddinger sind derzeit für den Sonderauftrag freigestellt«, erklärte sie. »Im Übrigen kann ich Sie nicht abmahnen.«

»Nicht?« Kökkenmöddinger stand auf. »Warum nicht?«

»Wie Sie wissen, sind Abmahnungen die erste Stufe zu einer möglichen späteren Kündigung.« Sie grinste schief. »Sie sind mein Mann fürs Besondere. Da werde ich doch nicht selbst Voraussetzungen für eine Kündigung schaffen.«

»Aber …« Er sah sie ungläubig an.

»Nichts da. Sie müssten schon einen Mord begehen, damit ich Ihnen das Taxi wegnehme.« Die Chefin kicherte. »Aber wahrscheinlich würde ich Ihnen lieber helfen, die Tat zu vertuschen.«

Kökkenmöddinger schmunzelte. »Gut und schön. Aber Heinz … Es ist unfair, ihn für meinen Fehler zu bestrafen. Ich bitte Sie, sich das nochmal zu überlegen.«

»Nichts da.« Die Chefin trollte sich wieder hinter ihren Schreibtisch. »Gerber wird abgemahnt. Das Leben ist nicht fair. Guten Tag, Herr Kökkenmöddinger.«

Kurz darauf saß er im Taxi. Er musste heute dringend noch bei Heinz vorbeischauen und mit ihm reden. Und er musste sich etwas einfallen lassen, um diese Abmahnung zu verhindern …

In diesem Augenblick meldete sich sein Handy. Das Display zeigte eine unbekannte Nummer. Nanu?

»Kökkenmöddinger.«

»Herr Dr. Kökkenmöddinger, wie gut, dass ich Sie erreiche.«

Es war Horst von Gundermark. »Entschuldigen Sie, dass ich mir Ihre Nummer habe geben lassen, aber in Ihrer Zentrale sagte man mir, Sie seien in einer wichtigen Besprechung.«

»So kann man das sagen«, erwiderte Kökkenmöddinger. »Guten Tag, Herr Graf. Was kann ich denn für Sie tun?«

»Ich möchte Sie einladen«, sagte Horst von Gundermark. »Ich möchte, dass Sie uns heute Abend zum Essen begleiten. Ist Ihnen acht Uhr recht?«

Kökkenmöddinger dachte an die Aussicht, zu Hause den Abend womöglich mit Rudi neben Jelena verbringen zu müssen. »Ich komme gern. Soll ich Sie am Hotel abholen?«

»Nur meine Frau Mutter bitte«, sagte der Graf. »Und kommen Sie dann bitte zum *Landstreicher*. Das Lokal ist in Mickten.«

»Kenne ich.« Kökkenmöddinger erinnerte sich, früher oft mit Jelena dort gewesen zu sein, und bezweifelte, dass die exzentrische Gräfin sich in dem rustikalen Lokal wohl fühlen würde, sagte aber nichts. »Wir werden pünktlich sein.«

# Rustikaler Modus

»Warum sind Sie heute in Freiberg einfach weggelaufen?« Kökkenmöddinger geleitete die Gräfin am Arm die Stufen zum Eingang des Lokals hinauf. »Oder sollte ich besser sagen: weggefahren?«

»Ich hatte etwas zu erledigen«, erklärte die Gräfin kühl. »Und wenn es Sie etwas anginge, was das war, dann hätte ich es nicht allein bewältigen müssen.«

»Warum haben Sie mir nicht einfach gesagt, dass Sie allein sein wollen?«, bohrte er nach.

»Ich wollte ja gar nicht allein sein«, widersprach sie. »Aber Sie haben mich ja gleich wieder aus diesem Dom gezerrt.«

Kökkenmöddinger seufzte. Er hatte ihr schon mehrfach vergeblich versucht darzulegen, dass ihr Benehmen einfach unzumutbar war. Er hielt ihr die Tür auf.

Lautes Gelächter, Musik und deftige Gerüche bestimmten die Atmosphäre. An langen rustikalen Tischen saßen Menschengruppen, und es wirkte urig gemütlich.

Wie zu erwarten rümpfte die alte Dame ihr adliges Näschen. »Und mein Sohn will uns tatsächlich hier treffen?«

»So sagte er, ja.« Kökkenmöddinger sah sich um und entdeckte an einem runden Tisch in der Ecke den Grafen. Er war in Begleitung der attraktiven Brünetten, die gestern auch seine Chauffeurdienste in Anspruch genommen hatte. Kökkenmöddinger grinste. Jetzt wurde es interessant.

»Kommen Sie, da hinten ist Ihr Sohn.« Er deutete zu dem Tisch, an dem sich Horst bereits erhob, um seiner Mutter entgegen zu kommen.

Die Gräfin hinkte auf ihn zu. »Mein Junge, was bitte soll ich in solch einer Spelunke?«

»Essen, Mutter. Du magst es doch manchmal gern ein bisschen deftig.« Horst rückte ihr einen Stuhl zurecht. »Darf ich dir jemanden vorstellen?« Er deutete auf seine Begleitung, die nun aufstand. »Das ist Frau Organza.«

Die Brünette reichte der Gräfin die Hand, die diese geflissentlich ignorierte.

»Guten Abend«, sagte sie nur knapp und wandte sich ihm zu. »Herr Doktor, setzen Sie sich zu mir.« Dann griff sie zur Speisekarte und vertiefte sich demonstrativ in die Lektüre.

Kökkenmöddinger begrüßte die Brünette mit Handschlag. Ob sie ihn ohne seine Mützenmaskerade von gestern wiedererkannte? »Kökkenmöddinger, sehr angenehm. Ich hoffe, Sie warten noch nicht allzu lange.«

»Aber nein«, winkte der Graf ab. »Ich freue mich, dass Sie dabei sind, Herr Doktor.«

»Doktor?«, fragte die Brünette. »Ich glaube, wir kennen uns. Organza mein Name. Wanda Organza.«

»Ich glaube auch, dass wir uns schon einmal begegnet sind«, sagte Kökkenmöddinger. Er hoffte, dass sie sich nicht zu genau erinnerte. Schließlich sollte Horst von Gundermark glauben, er habe den gestrigen Tag mit der Gräfin verbracht.

»Wenn ich mich recht entsinne, haben Sie mich doch …« Wanda Organza verstummte.

»Das ist ja interessant, dass ihr euch schon begegnet seid«, bemerkte der Graf. »Wanda, du musst wissen, Herr Dr. Kökkenmöddinger fährt Taxi. Vermutlich kennt er jeden dritten Dresdner … oder jeder dritte Dresdner kennt ihn.«

»Ach, Sie sind Dresdnerin?« Kökkenmöddinger spitzte die Ohren. Hatte sie nicht gestern etwas von einem kurzen beruflichen Aufenthalt erzählt?

»Ja, das bin ich.« Sie griff nun ebenfalls zur Speisekarte. »Horst, was würdest du denn empfehlen?«

»Nun, ich bevorzuge fleischlose Kost.« Der Graf blätterte in der Speisekarte. »Mutter, sagt dir das Angebot zu?«

»Was ist das für eine dumme Frage, Horst?« Sie warf ihm einen strafenden Blick zu. »Diese Speisekarte kann man doch gar nicht richtig lesen.«

Kökkenmöddinger grinste. Da hatte sie recht, die Speisen waren sächsisch verschriftlicht. Dass das nicht den Geschmack der Gräfin traf, lag auf der Hand. Seinen Geschmack traf es übrigens auch nicht, die Düfte im Raum und der Anblick der Teller auf den Nebentischen ließen sein kulinarisches Herz jedoch höher schlagen.

»Gnädige Frau, es gibt sogar Fasanenbrust.« Kökkenmöddinger deutete auf die Karte. »Ich würde Ihnen allerdings die Krautnudeln empfehlen.«

Wanda Organza nickte. »Die nehme ich auch.«

»Vielleicht wäre etwas leichtere Kost besser für dich, Mutter.« Der Graf blätterte erneut. »So spät am Abend solltest du nicht mehr …«

»Horst!«, herrschte die Gräfin ihn an. »Ich bin kein Pflegefall. Und ich weiß selbst, was gut für mich ist und was nicht. Ich nehme eine Schweinehaxe mit Sauerkraut und ein Bier, ein großes Bier.«

Kökkenmöddinger schmunzelte, während der Graf sich zu ducken schien. Wanda Organza starrte auf ihre Speisekarte. Was es mit dieser Frau auf sich hatte, war Kökkenmöddinger nicht recht klar. Aber ihm knurrte zu sehr der Magen, um jetzt darüber nachzudenken.

Der Graf entschied sich sichtlich verlegen für einen großen Salat mit Vollkornbrot.

»Jeder 'n großes Bier?«, hakte die zünftige Bedienung nach.

Wanda nickte bestätigend, Kökkenmöddinger verlangte die alkoholfreie Variante, und der Graf bat höflich um einen Apfelsaft und ein stilles Wasser.

»Junge, du kannst einem richtig den Appetit verderben«, stellte die Gräfin fest. Dann musterte sie Wanda von oben bis unten. »Für Ihren Beruf sind Sie recht ansehnlich, junge Frau. Das muss man Ihnen lassen.«

»Mutter!« Der Graf lief rot an. »Was soll denn das?«

Die Gräfin zog die Augenbrauen hoch. »Hoffentlich gibt es wenigstens Besteck zum Essen ...«

Horst von Gundermark sah Kökkenmöddinger fast flehend an. »Herr Doktor, erzählen Sie uns doch ein bisschen von den Ausflügen, die Sie mit meiner Mutter gemacht haben.«

Kökkenmöddinger räusperte sich. »Nun ja, wir waren in Moritzburg, in Meißen und ...«

»Lassen Sie das«, ging die Gräfin dazwischen. »Das habe ich doch alles schon erzählt.« Dann wandte sie sich ihrem Sohn und seiner Begleitung zu. »Was soll dieser Quatsch? Ich bin zu alt, um meine Zeit mit Small Talk zu verplempern.«

Wanda Organza kicherte. »Ich finde deine Mutter sehr sympathisch.«

Horst von Gundermark wirkte irritiert. »Dann erzählen Sie uns doch ein bisschen was von sich, Herr Dr. Kökkenmöddinger. Sie haben doch sicher einen spannenden Alltag.«

»Hat er nicht«, warf die Gräfin ein. »Er fährt doch immer nur Auto. Und das bei der Bildung.«

»Ich kann mich nicht beklagen«, erklärte Kökkenmöddinger. »Niemand zwingt mich, Taxi zu fahren. Ich habe es mir so ausgesucht.«

Die Bedienung brachte die Getränke.

»Ja, ja.« Die Gräfin winkte ab. »Das kenne ich auch schon alles.« Sie nickte Wanda Organza zu. »Jetzt erzählen Sie mal, warum

Sie nicht mehr aus sich gemacht haben! Ich meine, Ihr Beruf ist ja auch nicht gerade schön.«

»Mutter!« Der Graf hätte beinahe seinen Apfelsaft umgeworfen. »Das kannst du doch gar nicht beurteilen, Wanda …«

»Ach, Junge«, fiel sie ihm ins Wort. »Du verkennst meine Lebenserfahrung.«

»Woher kennen Sie denn meinen Beruf?«, fragte Wanda.

»Horst, ich dachte, du hättest deiner Mutter noch gar nicht von mir erzählt.«

»Habe ich auch nicht.« Er wandte sich an seine Mutter. »Ich habe euch zum Essen hierhergebeten, um dir Wanda vorzustellen, Mutter. Sie ist …«

»Ich habe das schon verstanden«, unterbrach sie ihn. »Ich bin ja nicht dement. Also, damit habt ihr schon mal schlechte Karten.«

»Gnädige Frau«, mischte sich Kökkenmöddinger ein. »Was halten Sie davon, Ihren Herrn Sohn einfach mal ausreden zu lassen?«

»Gar nichts.« Die Gräfin griff zu ihrem Bierglas. »Immer dieses blöde Geschwätz. Wenn ich schon diese Spelunke ertragen muss, dann wenigstens erheitert. Zum Wohle!« Sie trank.

Kökkenmöddinger schüttelte den Kopf, erhob dann aber auch wie die anderen sein Glas und prostete in die Runde.

In diesem Moment hörte er hinter sich eine bekannte Stimme: Jelena. Sie trat an den Tisch und grüßte freundlich.

»Jelena, meine Liebe.« Kökkenmöddinger stand auf. »Frau Gräfin, darf ich Ihnen meine Freundin und Mitbewohnerin Jelena Jankow vorstellen. Das ist die Dame vom Radio, von der ich Ihnen bereits erzählt habe.«

»Enchantez.« Die Gräfin lächelte. »Ich missbillige zwar Ihre Berufswahl, aber Sie haben ein Händchen für große Männer.«

Jelena lachte und reichte ihr die Hand.

»Gräfin von Gundermark«, stellte Kökkenmöddinger weiter vor, »ihr Sohn Graf von Gundermark und Frau Organza.«

Dann erschien plötzlich Rudi am Tisch. »Hallo, einen wunderschönen Abend wünsche ich.«

Kökkenmöddinger sah ihn an. »Rudi.«

»Kökki, altes Haus! Schön, dich zu treffen.« Rudi klopfte ihm auf die Schulter.

»Gnädige Frau, und das ist Rudolpho ...« Kökkenmöddinger zögerte. »Wie heißt du eigentlich mit vollem Namen?«

»Metzger«, sagte Rudi lachend. »Metzger wie Fleischer oder auch Schlachter.«

»Rudolpho Metzger also.« Kökkenmöddinger lächelte gequält. »Gräfin von Gundermark, ihr Sohn Graf von Gundermark und ...« Er stutzte. Der Metzger-Rudi kannte doch Horsts Begleiterin.

»Ich freue mich, euch kennenzulernen.« Rudi gab erst der Gräfin die Hand, dann Wanda Organza.

»Rudi Metzger«, sagte er, für seine Verhältnisse geradezu förmlich.

Wanda Organza nickte. »Nett, Sie kennenzulernen.«

Kökkenmöddinger horchte auf. Hatte er sich geirrt? Er musterte Rudi. Nein. Das war eindeutig der Mann gewesen, den diese Wanda begrüßt hatte und mit dem sie dann in der Pension verschwunden war. Er hatte das Gefühl, dass nicht nur sein Magen, sondern auch sein Gehirn knurrte. Er brauchte dringend etwas zu essen.

Noch dringender wurde das Bedürfnis, als er die Gräfin jetzt sagen hörte: »Kindchen, setzen Sie sich doch zu uns. Ich würde mich sehr freuen.«

Horst von Gundermark entglitt die Mimik, und auch das Lächeln von Wanda Organza hatte etwas Grimassenhaftes.

»Das geht leider nicht.« Rudi lächelte unverdrossen. »Jelena und ich haben endlich mal einen Abend nur für uns. Den brauchen wir, auch wenn es Ihnen noch so unhöflich erscheinen mag.«

Kökkenmöddinger atmete tief durch.

»Soso.« Die Gräfin sah Rudi an. »Nun ja, ich ziehe die Gesellschaft von Dr. Kökkenmöddinger Ihrer sicherlich vor.«

Zum Glück brachte die Bedienung in diesem Moment zunächst Schweinehaxe und Salat.

»Oh, das sieht lecker aus«, verkündete Rudi. »Ich wünsche allerseits noch einen schönen Abend.« Er klopfte Kökkenmöddinger auf die Schulter. »Wir sehen uns, alter Knabe.«

Kökkenmöddinger nahm wieder Platz.

»Nun, ich fürchte, das war eine Drohung, kein Versprechen«, sagte die Gräfin.

Nun wurden die Krautnudeln serviert. Kökkenmöddinger seufzte, als Jelena mit Rudi in den Tiefen des Lokals verschwand.

»Mutter, können wir uns jetzt endlich einmal unterhalten?« Der Graf wirkte leicht genervt.

»Jetzt wird erstmal gegessen. Guten Appetit.« Die Gräfin griff zum Besteck und säbelte an ihrer Schweinehaxe herum. »Es ist zwar etwas vulgär«, sagte sie nach dem ersten Bissen, »aber ich gebe zu, es mundet hervorragend.«

Kökkenmöddinger seufzte in seine Krautnudeln. Vermutlich schmeckten auch sie sehr gut, aber nun war selbst ihm der Appetit vergangen.

Alle aßen schweigend, unterbrochen von wenigen Kommentaren über das »wirklich delikate« Essen. Kökkenmöddinger spielte mit, obwohl ihm die Krautnudeln auf seinem Teller vorkamen wie ein Knäuel aus Gedanken. Aufessen war nicht wirklich eine Lösung. Damit konnte er sie nicht loswerden.

»Was stochern Sie denn so im Essen herum, Herr Doktor?«, fragte die Gräfin. »Sie haben doch sonst so einen gesegneten Appetit. Schmeckt es Ihnen nicht.«

»Die Krautnudeln sind wirklich sehr gut«, gab Wanda Organza zum Besten.

Die Gräfin legte ihr Besteck zur Seite. »Nun ja, gegen ›Essen auf Rädern‹ werden sie wohl ankommen.«

»Mutter!«, ließ sich Horst von Gundermark erneut vernehmen. »Was ist nur mit dir los?«

»Nichts, mein Junge, ich bin gesättigt und zufrieden«, entgegnete die Gräfin. »Außer natürlich mit dir.«

Kökkenmöddinger brachte es nicht über sich, die Krautnudeln zurückgehen zu lassen. Sie schmeckten vermutlich wirklich sehr gut. Sein Gemüt jedoch war trübe. Wenn es bisher noch einen letzten Zweifel an einer Beziehung zwischen Jelena und Rudi gegeben hatte, so hatte dieser Metzger-Rudi ihn ausgeräumt. Er seufzte erneut. Er würde Vegetarier werden, schon, um das Wort ›Metzger‹ nicht mehr zu hören. Wie sagte Sartre so treffend: »Die Hölle, das sind die anderen« …

»So, Mutter, und nun wirst du mir bitte einmal zuhören«, verlangte Horst und schob seinen Salatrest zur Seite. »Ich möchte dir Wanda als meine Freundin vorstellen. Sie ist jetzt die Frau an meiner Seite.«

Die Gräfin nahm einen Schluck Bier. »Aber Horst, mein Junge. Seit wann interessierst du dich denn für Frauen?«

Kökkenmöddinger sah von einem zum anderen und dann demonstrativ auf die Uhr. »Frau Gräfin, wir sollten aufbrechen«, sagte er mit Nachdruck. »Wir haben morgen früh viel vor. Sie müssen sich noch etwas ausruhen.«

»Wieso muss ich mich ausruhen?«, fragte sie spitz. »Ich bin alt und brauche nicht mehr so viel Schlaf.«

»Gut.« Kökkenmöddinger erhob sich. »Dann brauche eben ich den Schlaf. Schließlich soll ich Sie morgen ausgeruht und aufmerksam chauffieren. Es dient also nur Ihrer Sicherheit.«

Als sie ins Taxi stiegen, konnte sich Kökkenmöddinger eine

Bemerkung nicht verkneifen. »Gnädige Frau, das war sehr gemein von Ihnen eben.«

»So? Was meinen Sie denn?« Sie ließ sich auf dem Rücksitz nieder.

»Dass Sie das Interesse Ihres Sohnes an Frauen in Zweifel gezogen haben.« Kökkenmöddinger zog die Augenbrauen hoch. »Das war gemein.«

»Stimmt.« Die Gräfin nickte, und ihre langen Ohrgehänge klimperten. »Das war gemein. Allerdings ist mir diese Person nicht geheuer, diese Frau Organza.« Sie zog ihren edelhölzernen Stock ins Auto. »Dieses Weibsbild ist nicht echt.«

Kökkenmöddinger schloss die Wagentür. Er konnte dem Urteil der alten Dame nur zustimmen. An dieser Wanda Organza war etwas faul. Allerdings würde er sich hüten, sich der Gräfin gegenüber dazu zu äußern.

»Und wenn ich mir noch eine Bemerkung erlauben darf, Herr Doktor«, sagte sie, als er das Taxi startete. »Ihre Jelena ist ein entzückendes Exemplar. Und dieser Rudolpho ... Nun ja, er wirkt auf mich recht vulgär. Machen Sie sich keine Sorgen, das geht schnell vorüber und dann wird sie in Ihre Arme zurückkehren.«

Kökkenmöddinger schnaufte. Die alte Dame konnte ja richtig entzückend sein. »Ihr Wort in Gottes Ohr.«

Sie lehnte sich zurück. »Welches denn sonst?«

# Luxuskatastrophe

Kökkenmöddinger setzte sich an den gedeckten Frühstückstisch, während Rudi in der Küche hantierte.

»Guten Morgen, Kökki!«, rief er fröhlich.

»Morgen.« Kökkenmöddinger goss Kaffee in seine Tasse.

»Na, bist du verkatert?« Rudi schaufelte ihm ungefragt Rührei auf den Teller. »Hast du noch lange mit der schrägen Truppe abgehangen?«

»Nein.« Kökkenmöddinger schob den vollen Teller zur Seite und nahm einen Schluck Kaffee.

»Hui, du hast aber schlechte Laune.« Rudi ließ sich auf einen Stuhl sinken.

Immerhin bemerkte er das. Kökkenmöddinger konzentrierte sich ganz auf seine Kaffeetasse. Nein, er würde sich nicht nach Rudis Abend mit Jelena erkundigen. Er wollte davon gar nichts hören, ahnte jedoch, dass ihm das nicht erspart bleiben würde.

»Weißt du, wir waren noch tanzen«, hob Rudi denn auch an.

»Schön.« Kökkenmöddinger trank.

»Jelena ist ja ein unglaubliches Energiebündel.« Rudi lachte. »Das ist faszinierend.«

»So?« Kökkenmöddinger leerte seine Tasse und schenkte sich Kaffee nach.

In diesem Moment erschien Jelena. »Morgen, ihr zwei. Oh, tolles Frühstück!« Sie kramte in ihrer Tasche herum.

Kökkenmöddinger konzentrierte sich ganz aufs Kaffeetrinken.

»Kökki?« Sie berührte seine Schulter, und er zuckte leicht zusammen. »Ich gebe Rudi heute mein Auto mit. Kannst du mich vielleicht später beim Sender abholen?«

Kökkenmöddinger sah sie nun doch an. Sie wirkte etwas blass

um die Nase. Vermutlich akuter Schlafmangel. Er seufzte. »Kann das nicht Rudi machen?«

»Nein, leider nicht.« Rudi hob offensichtlich bedauernd die Arme. »Weißt du, ich muss zu Recherchen ins Ausland und komme erst morgen zurück.«

»Mhm«, machte Kökkenmöddinger.

Jelena nahm ihm die Tasse aus der Hand und trank einen Schluck. »Ich melde mich dann bei dir, okay? Jetzt muss ich los.«

»Jetzt schon?«, fragte Rudi. »Ich dachte, du hast erst später Dienst.«

Jelena schüttelte den Kopf. »Der Sender hat gerade angerufen. Sie brauchen einen Reporter vor Ort. Heute Nacht haben diese Schmuckfuzzis einen besonders großen Coup gelandet.« Sie schnappte sich Tasche und Schlüsselbund, pflückte den Autoschlüssel ab und reichte ihn Rudi. »Bis später!« Sie wuschelte Kökkenmöddinger durch die Haare, und er erstarrte.

Als die Wohnungstür hinter ihr zufiel, sagte Rudi: »Diese Frau hat einfach Power. Toll!«

Kökkenmöddinger hätte ihm am liebsten seinen Kaffee ins Gesicht geschüttet. »Ich muss dann auch los.« Er trollte sich missmutig ins Bad.

»Ach schade«, hörte er Rudi noch brabbeln. »Dann muss ich ja ganz allein frühstücken.«

Als Kökkenmöddinger gegen halb acht vor dem Taschenbergpalais hielt, hatte sich seine Stimmung noch immer nicht gebessert. Da die Gräfin noch nicht in Sicht war, nahm er ein Buch aus dem Handschuhfach. Auf Radio Elbradar und Jelenas Stimme hatte er gerade so gar keine Lust.

Er hatte Senecas »Von der Ruhe der Seele« erwischt, blätterte darin und blieb an einem Essay über den Zorn hängen. Genau, er war nicht traurig, auch nicht wirklich enttäuscht, inzwischen war er zornig. Und er fand auch sogleich eine passende Aussage bei dem alten Griechen ... »Manche weisen Männer haben den Zorn als eine vorübergehende Geistesstörung bezeichnet.« Kökkenmöddinger seufzte. Genau so fühlte er sich, im Geiste gestört. Er klappte das Buch zu und legte es beiseite.

Es war kurz vor acht. Wo blieb die Gräfin denn?

Er stieg aus und sah sich um. Eine gespenstische Ruhe lag über Sophienstraße und Taschenberg. Keine Autos, keine Fußgänger, nicht einmal ein Lieferwagen war zu sehen.

Kökkenmöddinger lief zum Hoteleingang.

Falls die Gräfin sich heute doch lieber ausruhen wollte, würde er die Gelegenheit nutzen und mit Heinz sprechen. Das war dringend notwendig nach dieser unschönen Geschichte mit der Abmahnung. Sie mussten gemeinsam noch einmal mit der Chefin sprechen und ihr die Sache darlegen. So, wie er Heinz kannte, hatte der nur dagesessen, genickt und gar nichts gesagt.

Kökkenmöddinger sah auf die Uhr: Es war nach acht. Wie eigenartig. Ob er mal hinaufgehen und nach ihr sehen sollte?

Er betrat das Hotel und hörte prompt eine laut empörte Frauenstimme. »Sind Sie denn wahnsinnig? Hier bleibe ich keinen Tag länger!« Es war unverkennbar die von Gundula von Gundermark.

Kökkenmöddinger schmunzelte. Die Frau war in ihrem unmöglichen Benehmen manchmal durchaus unterhaltsam. Zumindest wenn er sich nicht dafür verantwortlich fühlen musste.

»Ich verlange sofort eine Suite in einem anderen Hotel«, sagte sie zum Rezeptionisten. »Regeln Sie das oder ich verklage Sie!«

Kökkenmöddinger trat hinzu. »Guten Morgen, gnädige Frau.«

»Was?« Sie fuhr herum. »Ach, Sie. Herr Doktor, stellen Sie sich vor, was dieser Mann sich erlaubt!« Sie zeigte auf den Rezeptionisten.

Der hob beschwichtigend die Arme. »Natürlich versuche ich gern mein Möglichstes. Ich habe doch nur darauf hingewiesen, dass ich Ihnen kaum Erfolg versprechen kann. Alle Hotels der gehobenen Klasse sind derzeit ausgebucht.«

»So eine Unverschämtheit!« Sie hieb mit dem Stock auf den Boden. »Erst wird man hier überfallen und beraubt, ist als alte Frau hilflos einer Bande von Verbrechern ausgeliefert, und dann bekommt man nicht einmal eine neue angemessene Bleibe ...«

»Was ist denn passiert?«, fragte Kökkenmöddinger, obwohl er es sich durchaus zusammenreimen konnte. Es war ja nur eine Frage der Zeit gewesen, bis sein adliger Schützling Opfer dieser Schmuckraubserie wurde.

»Halten Sie den Mund!«, fuhr sie ihn an.

»Gnädige Frau, Sie haben doch eine Suite bei uns.« Der Rezeptionist wirkte resigniert.

»Da bleibe ich keine Stunde länger.« Sie hieb mit der Hand auf den Tresen. »Man ist ja seines Lebens nicht mehr sicher, wenn da Hinz und Kunz einfach hineinspazieren können.«

Der Rezeptionist griff zum Telefonhörer. »Ich werde sehen, was ich für Sie tun kann.«

Unvermittelt drehte die Gräfin sich um, fasste Kökkenmöddinger am Arm und zog ihn mit sich zum Aufzug. »Kommen Sie!«

Er folgte ihr amüsiert zu ihrer Suite, während sie wie ein Rohrspatz über »provinzielles« und »dilettantisches« Servicepersonal schimpfte und der Dresdner Hotellerie eine wahre Apokalypse prophezeite.

Kökkenmöddinger sah sich in den Zimmern der Gräfin um. Es herrschte ein buntes Durcheinander aus Schuhen, Taschen, Koffern und Kleidungsstücken. »Und nun?«

»Packen!« Sie schwang ihren edelhölzernen Stock. »Das muss hier alles sofort weg.«

Kökkenmöddinger staunte über die umfangreiche und schillernde Garderobe der Gräfin. Sie brauchten über eine Stunde, bis alles in Taschen und Koffern verstaut war.

Dann zerrte sie zwei weitere Kosmetikkoffer aus dem Schrank.

Kökkenmöddinger schnaufte. »Noch mehr Gepäck?«

»Nein.« Die Gräfin öffnete beide Köfferchen. »Sie sind leer und bleiben es wohl auch.« Sie deutete auf die Kommode, aus der sie bei seinem Besuch noch die zahlreichen Schmuckstücke gezeigt hatte. »Alles weg!«

Kökkenmöddinger öffnete ein paar Schubladen. Tatsächlich herrschte gähnende Leere. »Und Sie wurden ausgeraubt, während Sie hier schliefen?«

»Als ich gestern von unserem etwas rustikalen, aber durchaus erheiternden Essen zurückkam, war mein Schmuck jedenfalls noch da«, sagte die Gräfin. »Allerdings habe ich im Zimmer nebenan genächtigt.«

»Diese Schmuckräuber sind wirklich dreist«, stellte Kökkenmöddinger fest. »Allerdings scheinen sie auch besonders clever zu sein. Das muss man erstmal schaffen, unbemerkt hier einzudringen. Und es scheint ihnen ja auch in den anderen Hotels immer wieder zu gelingen.«

»Apropos!« Die Gräfin griff nach ihrem Stock. »Sie werden mich jetzt in ein anderes Hotel bringen.«

Als Kökkenmöddinger die Tür öffnete, war sogleich ein Page zur Stelle. »Darf ich Ihnen behilflich sein?«

Kökkenmöddinger nickte.

Der Page nahm Koffer und Taschen entgegen und verstaute sie, soweit möglich, auf seinem Gepäckwagen. Als der Wagen voll beladen war, blieben immer noch zwei Reisetaschen und die Kosmetikkoffer.

»Frau Gräfin«, merkte Kökkenmöddinger an. »Wir werden ihr Gepäck gar nicht komplett in mein Taxi bekommen.«

In diesem Moment erschien Horst von Gundermark auf dem Gang. »Mutter, was tust du denn?«

»Guten Morgen, mein Junge.« Sie schnappte sich eines der

leeren Köfferchen. »Pack deine Sachen, wir ziehen in ein anderes Hotel!«

»Aber warum das denn?« Der Graf schüttelte den Kopf.

»Frag nicht, geh packen!« Gundula von Gundermark hinkte hocherhobenen Hauptes über den Gang.

Kökkenmöddinger hatte Mühe, ihr mit den beiden Reisetaschen und dem zweiten Köfferchen unter dem Arm zu folgen.

»Aber Mutter.« Der Graf holte sie am Aufzug ein. »Ich will in kein anderes Hotel.«

Sie ließ ihn wortlos stehen und betrat den Aufzug. »Herr Doktor, ich danke Ihnen«, sagte sie überraschenderweise, als sich die Tür hinter ihnen schloss.

»Bitte.« Kökkenmöddinger grinste schief.

»Sie sind mir wirklich eine große Hilfe«, setzte sie hinzu. »Mein Sohn ist ja nicht mehr zu gebrauchen, seit er diese Frau kennt.«

Als sie in der Hotellobby ankamen, traute Kökkenmöddinger seinen Augen nicht. Hier herrschte der reinste Tumult. Hotelgäste drängten sich um die Rezeption, und offenbar gab es auch weitere Besucher. Kökkenmöddinger meinte, zwischen einer Gruppe schlecht gekleideter und müdegesichtiger Menschen Jelena zu erkennen. Jedenfalls wirkten die Leute wie Pressevertreter. Er griff zu seinem Telefon.

»Nicht doch!«, protestierte die Gräfin sogleich.

»Aber sicher doch«, sagte Kökkenmöddinger. Dann meldete sich die Zentrale. »Sarah, schick mir mal bitte einen Wagen zum Taschenbergpalais.«

Von weitem sah er nun den Pagen mit dem Gepäckwagen aus einem Lastenaufzug kommen und machte ihm Zeichen, das Gepäck hinaus zum Taxi zu bringen. Der Page hatte sichtlich Mühe, den Gepäckwagen zwischen all den Menschen hindurchzubugsieren.

Kökkenmöddinger suchte erneut nach Jelena, fand sie jedoch

nicht wieder zwischen den vielen Gesichtern. Wahrscheinlich hatte er sich getäuscht.

Vor dem Eingang hielten gerade zwei Einsatzwagen der Polizei.

»Sehen Sie«, sagte die Gräfin spitz. »Dieses Hotel ist nicht zumutbar.« Sie schritt hinaus, würdigte die Polizisten keines Blickes und hielt auf Kökkenmöddingers Taxi zu.

Er verstaute gerade die Reisetaschen und die leeren Köfferchen im Kofferraum, als ein Taxi neben seinem Wagen hielt. Heinz!

»Morgen Heinz!« Kökkenmöddinger ging auf ihn zu und wollte ihm auf die Schulter klopfen.

Heinz jedoch entzog sich der Berührung, würdigte ihn keines Blickes und grüßte die Gräfin nur knapp.

»Das Gepäck muss transportiert werden.« Kökkenmöddinger war irritiert.

»Wohin?« Heinz sah an ihm vorbei.

»Ich bitte Sie«, entgegnete die Gräfin. »Das wissen wir doch jetzt noch nicht!«

»Am besten folgst du uns einfach«, schlug Kökkenmöddinger ihm vor.

Heinz schnaubte. »Und dann bekomme *ich* wieder 'ne Abmahnung, oder was?!«

Kökkenmöddinger schluckte.

# Sprachlos

Als Kökkenmöddinger vor dem Sendergebäude hielt, erwartete Jelena ihn bereits und kam auf den Wagen zu. Sie sah noch blasser aus als am Morgen.

»Hallo, meine Liebe«, begrüßte er sie, während sie sich anschnallte. Am liebsten hätte er sie umarmt, traute sich jedoch nicht.

»Ha …«, krächzte Jelena und deutete auf ihren Hals. »Stimme weg«, flüsterte sie sichtlich angestrengt.

»Du Arme.« Kökkenmöddinger bemerkte, dass auch er die Stimme senkte. Warmes Mitgefühl erfasste ihn.

»Meine Ohren sind okay«, hauchte Jelena. »Du kannst normal sprechen.«

»Natürlich.« Er fädelte das Taxi in den Verkehr ein und war froh, nach diesem Tag aus dem Auto zu kommen und Jelena mal wieder für sich zu haben. »Sag mal, wo fährt Rudi eigentlich hin?«

»Keine Ahnung«, zischte Jelena.

»Ach, du gibst ihm dein Auto, um ins Ausland zu fahren, und weißt nicht einmal, wohin er fährt?« Er hielt auf die Kreuzung zu, die Ampel zeigte grün. Die Phase würde er noch schaffen. Er wollte so schnell wie möglich nach Hause.

Sie nickte.

»Ist das nicht etwas blauäugig? Du kennst den Mann doch kaum.« Kökkenmöddinger sah sie von der Seite an.

»Voorrsicht!«, krächzte Jelena und zeigte voraus auf die Straße.

Kökkenmöddinger trat auf die Bremse, dass die Reifen quietschten. Kurz vor einer alten Frau mit Gehhilfe brachte er den Wagen gerade noch zum Halten.

Die alte Frau blieb stehen und schüttelte den Kopf. Hinter dem Taxi wurde laut gehupt. Natürlich, die Ampel zeigte noch immer grünes Licht.

Kökkenmöddinger spürte deutlich seinen Puls. Das war ja gerade nochmal durchgegangen. Nicht auszudenken, wenn er die Frau angefahren hätte.

Sie stand noch immer wie angewurzelt auf der Straße. Doch immerhin zeigte die Ampel nun rot.

»Ich bringe sie mal in Sicherheit«, murmelte er, stieg aus und ging auf die Frau zu.

Die sah ihn aus großen Augen an. »Habe ich etwas falsch gemacht?«, fragte sie mit zittriger Stimme.

»Kommen Sie, ich bringe Sie auf die andere Straßenseite«, sagte Kökkenmöddinger und geleitete sie langsam weiter.

Als sie auf dem sicheren Gehweg angekommen waren, zögerte er. »Warten Sie hier, ich bringe Sie gleich nach Hause. Ich muss nur erst den Wagen von der Straße fahren.«

Sie nickte.

In diesem Moment erhob sich erneut ein wildes Hupkonzert. Die Ampel war wieder auf grünes Licht gesprungen und sein Taxi versperrte den Weg.

*Pokkers!* Die sahen doch genau, dass er der alten Frau helfen musste. Was sollte das sinnlose Gehupe.

Schnell lief Kökkenmöddinger zwischen den wartenden Autos hindurch zu seinem Taxi und klemmte sich hinters Steuer. Dann gab er Gas, um hinter der Kreuzung zu wenden. Wieder stand er an einer roten Ampel. Er sah hinüber zum Gehweg.

»Wo ist sie denn nun hin?«, fragte Kökkenmöddinger.

Jelena gab ein leises »Weißnicht« von sich.

Die Ampel zeigte grün, Kökkenmöddinger fuhr an und suchte im Schritttempo die Straße ab. Es gab nur wenige Fußgänger und weit und breit keine alte Frau mit Gehhilfe.

»Das ist schon die zweite gehbehinderte alte Dame, die mir diese Woche weggelaufen ist«, sagte er. »Die Gräfin konnte ich in Freiberg immerhin wieder einfangen.«

Jelena grinste. Dann hielt sie ihm ein paar Klunker hin. »Das ist eben hervorgekullert«, krächzte sie. »Als du so bremsen musstest.«

»Oh.« Kökkenmöddinger staunte. »Dann hat die Gräfin wohl irgendwann mal Schmuck verloren. Da wird sie sich freuen, dass ihr nach dem Raub noch etwas von ihrem Familienschmuck erhalten geblieben ist.«

»Da ist die Frau«, hauchte Jelena und packte ihn an der Schulter.

Kökkenmöddinger setzte den Blinker, fuhr an den Fahrbahnrand und bremste erneut scharf.

»Wir bringen sie nach Hause.« Er stieg aus und lief zu der alten Frau.

»Ach, mein Retter.« Sie schien sich zu erinnern. »Sind Sie mein Schutzengel?«

»So ähnlich, ja.« Kökkenmöddinger lachte. »Ich bin Ihr Schutzwikinger. Wo müssen Sie denn hin? Ich nehme Sie im Taxi mit.«

»Ich habe aber kein Geld dabei«, sagte sie.

»Brauchen Sie auch nicht«, wehrte Kökkenmöddinger ab. »Ich habe sowieso Feierabend und bin auf dem Heimweg.«

»Ich muss zurück ins Heim.« Sie seufzte. »Aber ich habe vergessen, mit welcher Straßenbahn ich zum Schillerplatz komme.«

»Oh, da müssten Sie von hier aus sicher umsteigen.« Er lächelte. »Kommen Sie, ich fahre Sie zum Schillerplatz. Ist Ihr Heim direkt dort?«

Sie lächelte ihn an. »Mein Schutzwikinger.«

Kaum hatte er die alte Frau auf den Rücksitz und ihre Gehhilfe in den Kofferraum verfrachtet, bemerkte er, dass Jelena wild gestikulierte.

»Hier ist noch mehr«, krächzte sie und hielt sich den Hals.
»Da unten.« Sie deutete unter den Sitz. Einige weitere Klunker
schauten hervor.

Kökkenmöddinger stutzte. Sollte die Gräfin tatsächlich mehrere Ohrringe, Broschen und eine Kette verloren haben?

Die alte Frau beugte sich zwischen den Sitzen vor. »Gibt es ein
Problem?«

»Nein, nein«, sagte Kökkenmöddinger. »Ich fürchte nur, dass
einer meiner Stammfahrgäste ein Gedächtnisproblem hat.«

»Oh, wie schick.« Die alte Frau deutete auf die Ohrgehänge in
Jelenas Hand. »Sind Sie die Schmuckräuberbande?« Sie kicherte.
»Die finde ich knorke!«

Kökkenmöddinger lachte auf und startete den Wagen.

Zu Hause angekommen, setzte Kökkenmöddinger Teewasser auf.
»Wir hatten noch irgendwo Salbeitee.« Er kramte im Schrank.

»Hinten links«, krächzte Jelena.

»Ich habe ihn schon.« Kökkenmöddinger zog die Schachtel
hervor. »Schon deine Stimme.«

Während er den Tee zubereitete, plauderte er munter drauflos. »Übrigens habe ich die heutigen Lokalnachrichten quasi live
miterlebt. Die Gäste des *Kempinski* wurden ausgeraubt. Natürlich auch die Gräfin. Wobei ich mir nicht sicher bin, ob sie nicht
doch einen leichten Schaden im Oberstübchen hat, wenn sie so
viel Kram im Taxi verloren hat. Vielleicht ist sie doch dement oder
sowas. Immerhin würde das ihre ständigen Stimmungswechsel erklären.« Er holte Tassen aus der Spülmaschine. »Stell dir vor, sie
wollte natürlich unbedingt das Hotel wechseln. Wir haben alle
nur denkbaren Luxusherbergen abgeklappert. Mit zwei Taxis, wegen des vielen Gepäcks ...«

Er dachte unwillkürlich an Heinz. Der hatte die ganze Zeit
weiter so herumgedruckst und beleidigt getan. Leider hatte sich

keine Gelegenheit ergeben, unter vier Augen zu sprechen, zumal Horst von Gundermark auch dabei gewesen war. Er musste dringend endlich mit Heinz in Ruhe sprechen.

Jelena sah ihn an, als er den Tee eingoss. »Habt ihr denn ein Hotel gefunden?«, wisperte sie.

Kökkenmöddinger nickte. »Ja, in Pirna.«

Jelena umklammerte die heiße Teetasse, und Kökkenmöddinger dachte an Rudi. Sollte er petzen, dass Rudi und Wanda sich kannten? Nein, lieber nicht. Er würde schon noch herausfinden, was da lief. Rudi war jedenfalls nicht ganz koscher, Wanda Organza war ebenfalls nicht echt, und die Gräfin hatte ihre ganz spezielle Meise. Vielleicht war sie ja wirklich im Anfangsstadium der Demenz, und vielleicht wollte Horst von Gundermark tatsächlich einen Pflegeplatz für sie …

»Worüber grübelst du so?«, flüsterte Jelena und riss ihn aus seinen Gedanken. »Die Schmucksache?«

»Nein«, antwortete er wahrheitsgemäß. »Ich mache mir eher Sorgen um den Geisteszustand der alten Gräfin.«

Jelena gähnte nickend. »Ich bin todmüde«, hauchte sie und stand auf. »Bett.«

»Kann ich noch irgendwas für dich tun?« Kökkenmöddinger sah ihr nach, als sie ins Badezimmer ging.

Sie schüttelte den Kopf.

Er leerte seine Teetasse. Die von Gundermarks gingen ihm auf die Nerven. Ob er mit dem Grafen mal reden sollte? Diese Verfolgerei hatte ihm nur Ärger und der Gräfin keinerlei Erkenntnisse gebracht. Wenn die alte Dame wirklich nicht ganz richtig tickte, war das duckmäuserische Verhalten des Sohnes erst recht seltsam. Allerdings war ihm die Geschichte mit Heinz weitaus wichtiger. Heinz war sein Freund, hatte seinetwegen Ärger, und er war zu Recht sauer. Er musste den Stress mit Heinz aus der Welt schaffen.

Kökkenmöddinger warf einen Blick auf die Uhr. Noch konnte

er bei Heinz anklingeln. Er sprang auf und wollte gerade zur Tür laufen, als Jelena aus dem Bad kam und ihm direkt in die Arme lief.

»Ups.« Er hielt sie kurz fest. »Nicht so stürmisch.« Das fühlte sich gut an.

Jelena lächelte schief. »Danke«, krächzte sie und verschwand in ihr Zimmer.

»Schlaf gut.« Kökkenmöddinger schickte sich an zu gehen.

# Überraschung

Kökkenmöddinger hatte die Südvorstadt erreicht. Seine Gedanken waren bei Heinz. Er musste das unbedingt wieder geradebiegen. Solche Unstimmigkeiten vergifteten die Seele. Er bog in die Strehlener Straße Richtung Bahnhof ein, als knapp vor ihm ein Wagen aus einer Parklücke ausscherte und ihn zum Bremsen zwang.

»*Täbe* ... Idiot«, murmelte er. Dann traute er seinen Augen nicht. Das war doch Jelenas kleiner Flitzer, der da vor ihm fuhr: DD-JJ ... und Jelenas Geburtsjahr. Das war Rudi! Und er gurkte munter durch Dresden. Von wegen ... er wollte ins Ausland!

Kökkenmöddinger zögerte kurz an der nächsten Kreuzung. Die Straße links führte zu Heinz. Aber die würde auch später noch zu Heinz führen ...

Rudi fuhr geradeaus weiter Richtung Bahnhof, und er folgte ihm. Er wollte endlich wissen, was es mit diesem Kerl auf sich hatte.

Rudi fuhr geradeaus über die nächste Kreuzung und hielt hinter dem Bahnhof in zweiter Reihe.

Kökkenmöddinger wahrte Abstand. Allerdings fiel ein Taxi in dem Gewimmel aus Fernbussen und anderen Wagen hier nicht groß auf. Sein Taxischild war ausgeschaltet. Das war zwar keine Garantie, aber Dank des nahen Taxistandes sollten potentielle Fahrgäste abzuwimmeln sein.

Jelenas Wagen zeigte jetzt die Warnblinkleuchten. Rudi schien zu warten. Und richtig, kurz darauf trat eine alte Bekannte aus der hinteren Tür der Bahnhofshalle ins Licht der Laterne: Wanda Organza.

Kökkenmöddinger hielt den Atem an, als Rudi ausstieg und sie heranwinkte.

Wanda Organza lief zu Jelenas Auto und stieg ein. Rudi klemmte sich wieder hinters Steuer und fuhr los, um auf der nächsten Kreuzung zu wenden.

Im Rückspiegel sah Kökkenmöddinger, dass er sich zum Linksabbiegen einordnete. Er wendete kurzerhand sein Taxi und folgte Jelenas Auto, das bald darauf nach rechts in Richtung Westen durch den Tunnel fuhr.

Die beiden schienen es eilig zu haben. Rudi fuhr schnell und passierte einige Ampelkreuzungen bei Gelb. Kökkenmöddinger musste aufpassen, um nicht zurückzubleiben. Sie waren jetzt auf der Ammonstraße. Dort um die Ecke hatte er heute doch die Frau mit der Gehhilfe eingesammelt. Wie hatte sie gesagt? ›Sind Sie die Schmuckräuber?‹ oder so ähnlich. Nun ja, sie hatte etwas verwirrt gewirkt. Allerdings waren es schon erstaunlich viele Klunker, die er nun im Taxi herumchauffierte. Als sie auf der Marienbrücke waren, warf er einen raschen Blick ins Handschuhfach. Immerhin war der Schmuck der Gräfin noch da. Er musste ihn gleich morgen früh der Gräfin übergeben. Oder doch besser ihrem Sohn?

Kökkenmöddinger folgte Rudi und Wanda Organza bis zum Bahnhof Neustadt. Er musste dicht dranbleiben, denn hier war auch am Abend viel los, und er wollte die beiden keinesfalls aus den Augen verlieren. Sie fuhren links unter den Bahngleisen entlang und bogen dann rechts ab auf die Hansastraße.

Nun ging es immer geradeaus und zügig voran. Der Verkehr auf der Ausfallstraße hielt sich um diese Zeit in Grenzen.

Kökkenmöddinger tippte darauf, dass Rudi zur Autobahn wollte. Weiter nördlich in Hellerau ging es zur A4 und zur A13.

Und richtig, sie passierten den St.-Pauli-Friedhof, fuhren die Radeburger Straße hoch und bei Hellerau Richtung Berlin und Görlitz. Auf Höhe des Flughafens teilten sich die Autobahnrichtungen. Rudi fuhr gen Osten, also Richtung Görlitz. Vielleicht wollte er tatsächlich nach Polen. Aber warum? Und warum ausgerechnet mit Wanda? Und warum taten die beiden so geheimnisvoll?

Er stellte Radio Elbradar an.

»Der bisher größte Coup gelang den Schmuckräubern vergangene Nacht im Dresdner Hotel *Kempinski*«, erklärte eine Frauenstimme, die Jelenas nicht unähnlich war, nur etwas rauer. »Mit Schmuck von Werten in Millionenhöhe konnten die Räuber auch diesmal unerkannt entkommen. Die Polizei jedoch berichtet von Hinweisen, die ins osteuropäische Ausland führen.«

Kökkenmöddinger stellte das Radio lauter, doch der Empfang wurde schlechter. Er suchte weitere Frequenzen ab.

Mist, hatte er Rudi verloren? Angestrengt blickte er auf die Autobahn und entdeckte bald darauf Jelenas Wagen in einigem Abstand.

Na, toll. Der Sender war weg, er war müde und Rudi offenbar auf dem Weg nach Polen. So würde er nicht herausfinden, was sie wirklich taten. Außerdem konnte er sich eine Nachtfahrt ins Ausland nach dem Ärger in der Zentrale nicht leisten. Wie sollte er sie rechtfertigen? Die Gräfin würde ihm wohl kaum den Auftrag erteilen, Rudi zu verfolgen.

Seltsam war die Geheimnistuerei zwischen Rudi und Wanda Organza allemal. Aber warum taten sie das? Naheliegend war die Erklärung, dass sie ein Verhältnis miteinander hatten. Vielleicht jedoch nur, weil Kökkenmöddinger das erfreut hätte. Sie verhielten sich nicht wirklich so. Schließlich musste es einen Grund geben, dass Wanda sich an den Grafen heranmachte und dass die beiden in Anwesenheit des Grafen und Jelena so taten, als ob sie sich gar nicht kannten.

Rudi war Versicherungsdetektiv. Das hatte er zumindest ihm und Jelena erzählt. Das musste natürlich nicht stimmen ... Vielleicht hatte das alles mit der Schmuckbande zu tun, obwohl das weit hergeholt war. Inzwischen dudelte im Radio ein sorbischer Sender, und Kökkenmöddinger verstand kein Wort. Die von Gundermarks waren im Rahmen der Schmuckraube zwar Opfer, aber nicht die einzigen und auch nicht die ersten.

Bei Burkau entschied sich Kökkenmöddinger, die Autobahn zu verlassen. Er fuhr ab und Richtung Dresden wieder auf. Der Blick auf die Benzinanzeige riet ihm, noch eine Tankstelle anzusteuern.

Als er die Abfahrt Dresden-Nord erreichte, zeigte ihm die Uhr, dass er nun nicht mehr bei Heinz auftauchen konnte. Schon gar nicht, um die Missstimmungen zwischen ihnen auszuräumen. Vermutlich würde er ihre Freundschaft mit seinem jetzigen Auftauchen noch mehr belasten.

Er fuhr in Hellerau von der Autobahn ab und steuerte nach etwa einem Kilometer eine Tankstelle in Höhe der Stauffenbergallee an.

Kökkenmöddinger griff zur Tankpistole und lauschte zwei Fahrern an der Zapfsäule nebenan.

»Sollen sie ruhig diese Geldsäcke ausrauben«, sagte der eine. »Meinen Segen haben sie.«

»Nu klar«, erwiderte der andere. »Wegen mir sollen die so weitermachen. Is unsereenem doch wurscht.«

# »Ich will weg!«

Kökkenmöddinger hielt der Gräfin die große schwere Holztür auf, als sie in Pirna die Stadtkirche St. Marien verließen.

»Diese Gewölbemalereien sind also zum Großteil noch Originale«, stellte die Gräfin fest. »Auch die Abbildungen der Kinder im Sockel des Taufsteins haben mir recht gut gefallen.« Sie nickte anerkennend. »Aber so beeindruckend wie die Engel im Freiberger Dom ist das natürlich nicht.«

Kökkenmöddinger runzelte die Stirn. Die Gräfin hatte auch immer etwas zu meckern.

Dann deutete sie auf eine ganze Reihe aufgemalter bunter Kreuze auf dem holprigen Pflaster. »Was soll das denn? Will die Kirche sich etwa so als modern darstellen?«

»Aber nein«, entgegnete Kökkenmöddinger. »Die Kreuze führen hinauf zum Sonnenstein. Das ist eine frühere Klinik, die die Nazis …«

»Oje, sprechen Sie nicht weiter!« Die Gräfin sah ihn an. »Wir folgen den Kreuzen.«

Sie hinkte auf ihren Stock gestützt voran die Gassen hinauf, bis sie vor einer steilen Treppe standen. »Müssen wir dort hinauf?«, fragte sie, machte sich jedoch sogleich an den Aufstieg.

Kökkenmöddinger folgte ihr. »Dort oben ist ein sehr alter Biergarten, von dem aus man einen wunderbaren Blick auf Pirna und die Sächsische Schweiz hat.«

»Sehr gut. Ich habe Lust auf Bier.« Sie hinkte erstaunlich flink die restlichen Stufen hoch.

Kökkenmöddinger hatte fast Mühe, mit ihrem Tempo Schritt zu halten, und rang nach Atem, als sie den Biergarten erreicht hatten. Er geleitete sie zu einem Tisch am Geländer.

»Das ist wirklich ein ganz entzückender Ausblick.« Sie ließ sich sichtlich zufrieden am Tisch nieder.

Kökkenmöddinger ging zur Theke und bestellte Bier. Wie es Jelena wohl ging? Sie hatte gestern sehr krank gewirkt. Er machte sich Sorgen. Allerdings würde sich der seltsame Rudi sicherlich rührend um sie kümmern. Wenn dieser Heimlichtuer denn inzwischen zurückgekehrt war von seinem Trip mit Wanda Organza. Sosehr er sich auch das Hirn zermarterte. Er wurde aus dieser Sache nicht schlau. Sie trafen sich, sie kannten sich, und sie taten so, als wären sie sich nie zuvor begegnet.

»Macht sieben Euro sechzig.« Man stellte ihm zwei Gläser Bier hin.

»Holla«, ließ sich Kökkenmöddinger vernehmen, zahlte und trug die Gläser zum Tisch, an dem die Gräfin wartete.

»Das ist herrlich hier.« Sie deutete auf das Panorama. »Und das war mal ein Sanatorium?«

»Wenn man so will.« Kökkenmöddinger erhob sein Glas. »Es gibt in der Innenstadt etwa dreizehntausend bunte Kreuze zum Andenken an die Opfer vom Sonnenstein 1940/41 …«

»O mein Gott!« Die Gräfin setzte sich aufrecht hin. »Sie meinen T40? Die sogenannte Beseitigung unwerten Lebens?«

Kökkenmöddinger nickte in sein Glas. »Genau die. Hier wurden vor allem chronisch Kranke und Behinderte ausgelöscht. T40 war selbst bei den Nazis ein Geheimprojekt.«

Die Gräfin stand auf. »Ich will hier weg!« Sie sah aus, als wolle sie gleich auf den Boden spucken. »Sonnenstein ist keine Kultur. Es ist ein Mahnmal der Grausamkeit!«

Unrecht hatte sie damit nicht, dachte Kökkenmöddinger, es war ein Mahnmal der Grausamkeit. Aber war Kultur grundsätzlich gut und schön? Die Geschichte war schließlich voller grausamer Kulturepochen. Die ganze Kultur war eine Kultur der Grausamkeit.

Schweigend stiegen sie die Treppenstufen hinab in die Altstadt.

»Ich will hier weg«, sagte die Gräfin erneut, als sie auf das schmucke Hotel in der Innenstadt zuliefen. »Das Hotel ist nicht angemessen.«

Kökkenmöddinger stutzte. Es war das erste Haus am Platze. Natürlich nicht zu vergleichen mit den Dresdner Top-Adressen, aber deshalb vermutlich derzeit sehr viel sicherer. »Ist der Service schlecht?«

»Nein, nicht doch. Aber es ist ein Vier-Sterne-Haus. Mehr nicht.« Sie standen im Eingang zum Hotel. »Kein Page, kein Spa-Bereich ...«

»Gnädige Frau«, sagte er gedehnt. »Es gibt nicht mehr als vier Sterne in dieser kleinen Stadt.«

»Eben.« Sie betrat die Hotelhalle. »Ich will hier ganz weg. Der Ort passt mir nicht, das Hotel passt mir nicht ...«

»Was passt Ihnen schon?«, entfuhr es Kökkenmöddinger.

»Wie bitte?« Sie sah ihn verwundert an.

»Ach, nichts«, murmelte er. Er hatte keine Lust, mit dieser Dame zu diskutieren.

»Das Publikum in diesem Hotel ist unglaublich ... ordinär«, sagte sie spitz. »Da mögen diese Leute noch so viel Geld haben. Stil kann man sich nicht kaufen. Beim Frühstück saßen Amerikaner mit mir im selben Raum. Bei solchen Leuten muss man froh sein, wenn sie gelegentlich Besteck benutzen. Bei diesen Tischmanieren vergeht mir der Appetit.« Sie seufzte abgrundtief. »Oder diese italienische Familie. Mit einem ganzen Rudel Kinder sind die unterwegs. Und am Abend toben diese schrecklich unerzogenen Monster bis tief in die Nacht durch die Gänge des Hotels. Man ist ja schon froh, wenn sie sich nicht mit Tomaten bewerfen ...«

»Dafür, dass Sie erst seit gestern hier wohnen, haben Sie aber schon recht viel erlebt.« Kökkenmöddinger schnaufte.

»Herr Doktor …« Sie sah ihn traurig an. »Ich will nur noch hier weg.« Plötzlich füllten ihre Augen sich mit Tränen, die sich kurz darauf mitsamt der gräflichen Wimperntusche über ihr hageres Gesicht verteilten.

»Na, na, da wird sich doch eine Lösung finden lassen«, sagte er in beruhigendem Ton. »Sie gestatten, dass ich mein Telefon benutze?«

Sie nickte mit leisem Schluchzen.

Zwei Stunden später lenkte Kökkenmöddinger sein Taxi, gefolgt von einem Pirnaer Kollegen, im Schritttempo über den Neumarkt und stoppte den Wagen vor dem *Hotel de Saxe*.

Er half der Gräfin aus dem Wagen. Sie schwebte mit seligem Lächeln auf ihren Sohn zu, der sie am Eingang erwartete.

»Mein Junge, wie hast du das nur geschafft?« Sie umarmte ihn. »Du bist ein Held.«

»Nicht doch, Mutter«, wehrte Horst von Gundermark ab. Hinter ihm erschien Wanda Organza. »Ich habe gar nichts getan. Wanda hat das arrangiert.«

»Ach so?« Die Gräfin musterte die junge Frau, schien kurz zu zögern und ergriff dann ihre Hand. »Das war großartig! Danke, meine liebe Wanda. Ich darf Sie doch so nennen?«

Wanda Organza lächelte. »Selbstverständlich, es ist mir eine Freude.«

Kökkenmöddinger runzelte die Stirn. Wenn Wanda wieder da war, musste auch Rudi wieder in Dresden sein. Schade. Aber immerhin hatte diese Frau dafür gesorgt, dass die Gräfin wieder besserer Stimmung war, jedoch sicher nur vorübergehend. Er seufzte.

»Gut, dass Sie mich angerufen haben.« Der Graf nickte Kökkenmöddinger zu. »Ich ertrage es nur schwer, wenn meine Mutter unglücklich ist.«

Kökkenmöddinger schmunzelte. Der gräfliche Familiensinn

hatte wirklich eine sehr spezielle Note. Man belog und überwachte sich gegenseitig, aber sobald jemand hinzukam, wurde gehuldigt und geschleimt, was das Zeug hielt. Das war wahrlich nicht seine Welt. Dann fiel ihm der Schmuckfund im Taxi wieder ein.

»Herr Graf, haben Sie mal einen Moment für mich?«, fragte Kökkenmöddinger. »Ich möchte kurz mit Ihnen sprechen.«

»Mach nur, Horst«, warf Wanda Organza ein. »Ich kümmere mich um euer Gepäck. Kommen Sie, Frau Gräfin, wir müssen den Pagen sagen, welche Koffer in welches Zimmer gehören.«

»Gehen wir ein paar Schritte«, schlug Kökkenmöddinger vor. »Ich mache mir etwas Sorgen um Ihre Mutter, deshalb möchte ich als Erstes mit Ihnen sprechen.«

Horst von Gundermark sah ihn erwartungsvoll an. »Ist etwas vorgefallen?«

»Nichts Besonderes.« Kökkenmöddinger dachte an den Tag heute in Pirna. Die alte Dame war seltsam gewesen, aber das war sie ja immer. »Was meinen Sie, hat Ihre Frau Mutter den Verlust des Familienschmucks verwunden?«

»Nun ja.« Der Graf kratzte sich am Kinn. »Gestern Abend hat sie von nichts anderem gesprochen. Aber das ist ja nur verständlich. Noch haben wir die Hoffnung, dass zumindest einige der Schmuckstücke wiedergefunden werden. Wir haben jedes einzelne Stück der Versicherung gemeldet.« Er räusperte sich. »Es sind zu markante Steine dabei, um sie unerkannt zu Geld zu machen. Die Versicherung hat bereits ihre Leute darauf angesetzt. Davon verspreche ich mir weitaus mehr Erfolg als von der Arbeit der Polizei.«

Kökkenmöddinger nickte nachdenklich. Vor seinem geistigen Auge erschien eine ganze Horde von Versicherungsdetektiven, ein Heer aus Rudis. Er schüttelte unwillkürlich den Kopf, um diese Bilder loszuwerden.

»Nun, was wollen Sie denn von mir wissen?«, fragte der Graf.

»Warum lassen Sie es eigentlich zu, dass Ihre Mutter mit all ihrem Schmuck reist?«, fragte Kökkenmöddinger. »Ich könnte mir vorstellen, dass das auch die Versicherungsleute interessiert.«

»Oh!« Horst von Gundermark seufzte. »Da haben Sie vollkommen recht. So weit habe ich noch gar nicht gedacht. Zu Hause verwahrt sie den Schmuck im Safe …«

»Apropos«, hakte Kökkenmöddinger nach. »Auch das ist so eine Sache. Die Gräfin hatte den Schmuck einfach in die Schubladen einer Kommode verteilt. Das hat sie mir selbst gezeigt, gar nicht so lange, bevor der Raub stattfand.«

Der Graf seufzte abgrundtief. »Sie meinen, wir werden Schwierigkeiten mit der Versicherung bekommen?«

»Das kann ich nicht beurteilen«, erklärte Kökkenmöddinger. »Versicherungen gelten ja allgemein als sehr findig, wenn es darum geht, Schadensfälle abzuschmettern.« Er beobachtete den Grafen genau. »Meinen Sie, Ihre Frau Mutter hat manchmal Probleme … Ich meine, vergisst oder verliert sie häufiger etwas?«

»Ich kann Ihnen nicht recht folgen«, sagte Horst von Gundermark.

»Nun, ich habe zufällig in meinem Taxi einige Schmuckstücke unter dem Sitz gefunden«, erklärte Kökkenmöddinger. »Ich bilde mir ein, dass sie diese Ohrringe, Broschen und Ketten bei unseren Ausflügen getragen hat.«

Der Graf blieb abrupt stehen. »Wie bitte? Sie haben ihren Schmuck in Ihrem Auto?«

»Nein«, winkte Kökkenmöddinger ab. »Nur einige wenige Stücke. Wie ich in der Suite Ihrer Mutter gesehen habe, hatte sie ungleich mehr Schmuck bei sich.«

Horst von Gundermark wirkte verwirrt.

Kökkenmöddinger sah ihn aufmerksam an. »Vielleicht bereitet es ihr aber auch große Freude, wenn sie zumindest einen geringen Teil ihres Schmucks zurückerhält …«

»Um Gottes willen!«, rief der Graf aus. »Bloß nicht! Meine Mutter reagiert sehr empfindlich darauf, wenn ihr Gedächtnis in Frage gestellt wird.«

»Auch in diesem Falle?«, wunderte sich Kökkenmöddinger.

»Gerade in diesem Falle«, entgegnete Horst von Gundermark. »Stellen Sie sich vor, welche Selbstzweifel sie quälen werden. Und außerdem wird man sie der angehenden Demenz verdächtigen und vermuten, sie habe weiteren Schmuck lediglich verbummelt.«

Kökkenmöddinger räusperte sich. »Hat die Gräfin denn manchmal Gedächtnislücken?«

»Selbstverständlich hat sie das. Sie ist eine alte Frau«, sagte der Graf in scharfem Ton. »Sprechen Sie also bloß nicht mit meiner Frau Mutter darüber. Ich kümmere mich darum.« Dann warf er einen Blick auf die Uhr. »Herr Doktor, ich muss mich verabschieden. Ich habe einen wichtigen Termin.« Er reichte ihm die Hand und verschwand dann eilig in Richtung Hotel.

Kökkenmöddinger sah ihm nach. Was war das denn für eine seltsame Reaktion? Hier stimmte doch so einiges nicht. Er lief zurück zum Taxi, wo ihn der Pirnaer Kollege Zeitung lesend erwartete.

»So, Feierabend.« Er klappte das Boulevardblatt zu.

»Danke für die Kofferschlepperei, Kollege«, sagte Kökkenmöddinger.

»Ach, nicht der Rede Wert. Die Fuhre hat sich gelohnt.« Er grinste breit.

»Sag mal, brauchst du die noch?« Kökkenmöddinger deutete auf die Zeitung.

»Nee, die kannste haben. Steht eh nur Quatsch drin.« Der Kollege reichte ihm das abgegriffene Blatt. »Man könnte denken, die Presseleute haben die Schmuckräuber selbst erfunden. Jetzt gibt es eine Liste aller Nobelhotels, die noch nicht überfallen wurden.« Er schlug sich mit der flachen Hand vor die Stirn.

Kökkenmöddinger schlug die Doppelseite mit den Neuigkeiten zum Thema auf und lachte. »Tatsächlich. Wahrscheinlich ist die Liste kürzer als die der Hotels, die bereits ausgeraubt wurden. Oder es ist eine To-do-Liste für die Polizei.« Gleich an oberster Stelle stand das *Hotel de Saxe.* Kökkenmöddinger seufzte.

»Herr Doktor!«, hörte er plötzlich die Gräfin hinter sich rufen. »Sie wollen mich doch wohl nicht schon verlassen, nicht wahr?«

Kökkenmöddinger wandte sich um. »Nicht doch, Frau Gräfin.«

»Tun Sie mir die Liebe an und verbringen Sie den Abend mit mir«, säuselte sie. »Mein Sohn hat Termine, und ich möchte nicht allein sein.«

Kökkenmöddinger zögerte. Er dachte an Jelena, der es nicht gut ging. Lieber hätte er sich um sie gekümmert. Doch dann fiel ihm ein, dass Rudi heute wieder da war. Und auf diesen Hampelmann konnte er nun wirklich gut verzichten.

»Wir könnten zusammen essen«, schlug die Gräfin vor. »Worauf haben Sie Appetit?«

Er seufzte. Appetit hatte er eigentlich immer und auf nahezu alles. »Sehr gern, gnädige Frau.« Er bot ihr den Arm und geleitete sie ins Hotel, wo er einem der Pagen die Boulevardzeitung in die Hand drückte. »Vorsicht, ihr steht ganz oben auf der Liste der Schmuckräuber.«

# Nachts im Hotel

Nach dem obligatorischen Espresso verabschiedete sich Kökkenmöddinger von der Gräfin. Er war müde und vom bestellten Sushi komplett gesättigt.

Gundula von Gundermark wirkte sehr viel gelöster als am Vormittag in Pirna. Obwohl sie natürlich wieder mal für eine Überraschung gut war. Sie hatte nicht nur Mengen an Sushi servieren lassen, sie weigerte sich auch, die Speisen mit Stäbchen zu verzehren. Kökkenmöddinger war sich zwar sicher, dass sie das asiatische Besteck perfekt handhaben konnte. Die Gräfin war ebenso exzentrisch wie weltgewandt. Als sie jedenfalls auf Messer und Gabel bestanden hatte, um ihr Sushi zu essen, stand für ihn außer Zweifel, dass sie sich vor allem einen Jux daraus machte, anders als andere zu sein. Diese alte Dame war weniger verwirrt, als sie einen glauben ließ. Und das mit dem schlechten Gedächtnis nahm er Horst von Gundermark nicht ab. Auch wenn er weniger undurchsichtig wirkte als seine Mutter: Der Graf hatte irgendetwas zu verbergen.

Kökkenmöddinger schlenderte über den Hotelflur, als er von weitem plötzlich Wanda Organza aus einem der Zimmer kommen sah. Unwillkürlich ging er zwischen einer hochgewachsenen Pflanze und einem Schrank auf dem Gang in Deckung. Hatte Wanda nun auch ein Zimmer hier im Hotel? Oder hatte sie Horst besucht? Vielleicht hatte der seinen Termin nur vorgeschoben, um in Ruhe ein Schäferstündchen mit ihr zu genießen …

Er beobachtete, wie Wanda Organza über den Flur zu einem der Aufzüge lief. Dann sah sie sich um, ging ein Stück den Flur entlang und … versteckte sich in einer ähnlichen Nische wie Kökkenmöddinger sie für sich entdeckt hatte. Warum tat sie das? Solange sie dort auf der Lauer lag, konnte er wohl kaum ohne Erklärung sein Versteck verlassen und an ihr vorbei flanieren.

Andererseits: Wenn Wanda Organza sich versteckte, um den Flur zu beobachten, machte sie das sicherlich nicht ohne Grund. Er musste nur ebenfalls abwarten, um den Grund herauszufinden.

Bereits nach wenigen Minuten begannen seine Knie in dieser unbequemen Hockhaltung zu schmerzen. Außerdem spürte er, dass er langsam schläfrig wurde. Er hatte viel zu viel von dem exquisiten Sushi gegessen – um der Gräfin einen Gefallen zu tun, sogar mit einer Gabel –, und er hatte große Sehnsucht nach seinem Bett. Die Tatsache, dass er ohne konkretes Ziel auf der Lauer lag, und noch dazu in einem Haus voller Betten, in denen vermutlich die meisten Hotelgäste selig schlummerten, machte die Situation nicht besser.

Obwohl er die Augen nur mit Mühe aufhalten konnte, war Kökkenmöddinger neugierig. Er spürte, dass hier heute noch etwas passieren würde. Schließlich hatte es in diesem Hotel bislang keinen Schmuckraub gegeben …

In diesem Moment spürte er einen Luftzug hinter sich, dann einen dumpfen Schlag. Alles drehte sich, er schien zu fallen, dann war es dunkel um ihn herum.

Kökkenmöddinger öffnete die Augen. Es war dämmerig, nur durch einen Türspalt fiel ein Lichtstreifen in den Raum. Er schnüffelte. Er kannte den Geruch. Das war dieses penetrante Rasierwasser, das er zuletzt zu Hause im Badezimmer gerochen hatte … Rudi!

In diesem Moment verschwand jemand durch die Tür und schloss sie hinter sich. Kökkenmöddinger fuhr hoch – und ließ sich stöhnend zurücksinken. Sein Kopf dröhnte.

Erst jetzt bemerkte er, dass er in einem weichen Bett lag. Er war also noch in diesem Hotel, in dem er die Gräfin besucht und sich zuletzt auf dem Gang versteckt hatte … Und dann hatte er offenbar eins über den Schädel bekommen.

Er rieb sich den schmerzenden Kopf. Das fühlte sich doch sehr nach einer Beule an. Noch immer hing der aufdringliche Rasierwasserduft in der Luft. Aber warum? Warum war Rudi hier im Hotel? Und warum schlug er ihn nieder?

Rudi und Wanda. Na klar! Wanda lag nicht auf der Lauer, Wanda stand Schmiere. Versicherungen, ha! Der Typ hatte Dreck am Stecken. Und das hatte gewiss etwas mit diesen Rauben zutun.

Stöhnend schwang Kökkenmöddinger sich aus dem Hotelbett und tapste zur Tür. Sie war zum Glück nicht verschlossen. Er blinzelte, als er in den Flur trat. Selbst die dezente Nachtbeleuchtung blendete ihn.

Kökkenmöddinger lief den Flur hinunter. Es herrschte eine geradezu gespenstische Stille. Er konnte nicht einschätzen, wie lange er bewusstlos gewesen war. Aber mit Sicherheit schlief jetzt alles im Hotel.

Er nahm die Treppe hinunter in die Hotelhalle. Der Empfang war noch besetzt. Er nickte dem Portier zu.

»Guten Morgen.« Der Mann klang frisch und munter. »Soll ich Ihnen ein Taxi rufen?«

»Danke, nein.« Kökkenmöddinger schmunzelte. »Ich bin das letzte Taxi für heute.«

»Wie bitte?« Jetzt wirkte der Mann irritiert. »Sie sind gar nicht Gast bei uns?«

»Nein. Warum?« Kökkenmöddinger sah ihn an.

»Darf ich dann bitte erfahren, warum Sie hier nachts durch das Hotel laufen?« Er sah ihn durchdringend an.

»Sicher. Einer Ihrer Gäste ist mein Stammkunde«, antwortete er. »Graf von Gundermark. Und seine Mutter hat mich zum Essen eingeladen.«

»Um diese Zeit?« Der Portier verwies vorwurfsvoll auf seine Armbanduhr. »Es ist drei Uhr am Morgen.«

Kökkenmöddinger legte die Stirn in Falten. Es war wenig ratsam, dem Mann reinen Wein einzuschenken. »Wir haben uns verplaudert. Die gnädige Frau ist eine sehr anregende Gesprächspartnerin. Darf ich fragen, warum Sie das so interessiert?«

»Nun ja, Sie werden verstehen, dass wir derzeit sehr auf der Hut sind«, antwortete der Portier. »Diese Schmuckraube zerstören das Vertrauen unserer Gäste in uns.«

»Aber Sie wussten doch nicht einmal, dass ich kein Hotelgast bin«, stellte Kökkenmöddinger fest. »Außerdem ist es ja nicht gesagt, dass die Schmuckräuber nicht unter Ihren Gästen sind.«

»Aber von denen haben wir die Personalien«, entgegnete der Portier.

»Von jedem Verbrecher auf dieser Welt haben viele Menschen die Personalien«, sagte Kökkenmöddinger.

»Hm. Da haben Sie wohl recht.« Er zückte Blatt und Kugelschreiber. »Wären Sie wohl so freundlich, mir Ihre Personalien zu hinterlassen?«

Kökkenmöddinger schnaufte. »Gut, wenn es sein muss.« Er nannte seinen Namen und seine Anschrift und zeigte dem Mann seinen Ausweis. »Reicht das?«

»Und hier bitte noch Ihre Wagennummer.« Er schob ihm einen Zettel hin. »Es gibt schließlich viele Taxis in Dresden.«

Kökkenmöddinger notierte seine Wagennummer und das Kennzeichen. »Das reicht jetzt aber, oder?«

»Selbstverständlich.« Der Mann nickte. »Entschuldigen Sie, aber ich muss mich da absichern.«

»Schon gut. Ich muss jetzt endlich mal ins Bett.«

Kökkenmöddinger verließ das Hotel. Sein Kopf dröhnte noch immer.

# Kökkenmöddinger greift durch

Am Morgen erwachte Kökkenmöddinger mit Kopfschmerzen. Er fühlte sich verkatert, als habe er allzu heftig gefeiert. Der Auslöser war neben dem Schlag auf den Kopf vor allem der Schlafmangel. Er brauchte dringend einen starken Kaffee.

Kökkenmöddinger schlurfte in die Küche und setzte Wasser auf. Dann füllte er Kaffee in die Presskanne, wartete, bis das Wasser siedete, und goss es auf das Pulver.

Als sich die Badezimmertür öffnete, hatte er prompt diesen penetranten Duft in der Nase. Kökkenmöddinger drehte sich um: Vor ihm stand Rudi in *seinem* Bademantel!

»Guten Morgen, Kökki. Gut geschlafen?«, fragte er fröhlich.

Kökkenmöddinger machte einen Schritt auf ihn zu, packte ihn am Revers seines eigenen Bademantels und hob ihn ein Stück vom Boden hoch. »Mach das nie wieder Freundchen! Hörst du?!«

»Was ist denn hier los?«, krächzte es. Jelena stand plötzlich in der Tür. Ihre Stimme klang noch immer angeschlagen. »Kökki, was machst du denn da? Lass Rudi los!«

Kökkenmöddinger ließ abrupt von Rudi ab. Der taumelte kurz, fing sich aber gleich wieder.

»Jelena, glaub mir, dein Freund hier ist nicht so zimperlich, wie er jetzt tut«, sagte Kökkenmöddinger.

Rudi schaute verdutzt aus der fremden Frotteewäsche, sagte aber nichts weiter.

»Alles okay mit dir, Rudi?«, flüsterte Jelena.

»Sicher, alles bestens.« Rudi lächelte und wirkte ein wenig verlegen.

Kökkenmöddinger presste das Kaffeepulver in die Kanne und

goss sich eine Tasse ein. »So. Kaffee ist fertig!« Er wandte sich erneut an Rudi: »Wir beide sprechen uns noch.« Dann ging er mit seiner Kaffeetasse aus der Küche hinüber in sein Zimmer und knallte die Tür hinter sich zu. »*Pokkers!*«

Kökkenmöddinger hatte gerade den Neumarkt erreicht, als ihn die Zentrale anrief.

»Morgen, Kökki!« Sarah klang energisch. »Die Chefin will dich sehen. Kannst du das einrichten?«

»Morgen, Sarah. Jetzt sofort?« Er warf einen Blick auf die Uhr.

»Wenn möglich, ja. Heinz ist auch schon auf dem Weg«, sagte sie.

»Ich versuche es einzurichten. Melde mich.« Kökkenmöddinger hielt vor dem Hotel. Immerhin war es besser, den heutigen Ausflug etwas zu verschieben, als ihn später vorzeitig abzubrechen.

Die Gräfin erwartete ihn bereits in der Hotelhalle. »Herr Dr. Kökkenmöddinger! Wie immer überpünktlich. Wie schön!«

Nanu, das war ja eine geradezu herzliche Begrüßung. Die Gräfin schien bester Dinge zu sein. Hoffentlich machte er diese jetzt nicht zunichte.

»Gnädige Frau, Sie sehen blendend aus«, stellte er fest. »Das neue Hotel tut Ihnen sichtlich gut. Allerdings ...«

»Herr Doktor, wir können heute erst etwas später in den Tag starten«, sagte sie. »Mein Sohn und diese nette Frau Organza werden uns nämlich begleiten ...«

»Oh, das freut mich«, erwiderte er. »Und zwar doppelt. Ich muss nämlich noch einmal kurz und ziemlich dringend in der Taxizentrale vorbeischauen.«

»Ach, wie schade.« Die Gräfin zog einen kindlichen Flunsch. »Ich hatte gehofft, Sie leisten mir beim Frühstück Gesellschaft.«

»Das holen wir morgen früh nach«, versprach er. »Ich denke, dass ich in einer Stunde wieder bei Ihnen bin.«

Kökkenmöddinger lief hinaus zum Taxi und machte sich auf den Weg. Er war begierig darauf, diese blöde Geschichte mit Heinz aus der Welt zu schaffen. Er hatte sich schließlich längst darum kümmern wollen. Hoffentlich war es nicht zu spät, um sich mit Heinz zu versöhnen.

Entgegen seinem sonstigen entspannten Fahrstil steuerte er sein Taxi von einer Spur zur anderen, überholte und nahm Ampeln auch bei Gelblicht. Schließlich hatte er keinen Fahrgast.

Dann musste er allerdings doch an einer Ampel am Großen Garten anhalten. Der Blick in den Rückspiegel ließ ihn zusammenzucken. Hinter ihm hielt ein Wagen, der aussah wie Jelenas, und am Steuer saß … Rudi. Das konnte doch kein Zufall sein, oder doch?

Sobald die Ampel auf Grün umsprang, gab Kökkenmöddinger kräftig Gas, bog nach rechts ab, ordnete sich zum Linksabbiegen ein, um dann kurz vor der Kreuzung doch in die Geradeausspur zu wechseln.

Er behielt den rückwärtigen Verkehr im Spiegel im Auge. Und richtig, bereits an der nächsten Kreuzung hatte Rudi ihn wieder eingeholt. *Täbe!*

Kökkenmöddinger sah auf die Uhr. Er hatte jetzt wirklich keine Zeit, erst noch diesen Idioten abzuhängen. Sollte er ihm doch bis zur Taxizentrale folgen. Was sollte ihm das schon bringen?

In der Zentrale erwartete ihn die Chefin natürlich bereits. »Guten Morgen, Frau Walter.« Er schloss die Tür hinter sich. »Tut mir leid, ich konnte nicht schneller kommen. Ich musste erst noch meiner Stammkundin Bescheid geben.« Nun entdeckte er auch Heinz. »Morgen, Kollege.«

Heinz nickte knapp.

»Ja, Ihre Gräfin von Gundelsberg, oder so ähnlich.« Die Chefin lächelte.

153

»Gundula von Gundermark«, korrigierte Kökkenmöddinger.

»Die Dame hat sich bei mir gemeldet und mir ihre Situation geschildert«, erklärte die Chefin.

»Ach?« Kökkenmöddinger horchte auf. »Die Gräfin hat mit Ihnen gesprochen?«

»Warum haben Sie mir das denn nicht gleich gesagt?« Die Chefin zog die Augenbrauen hoch. »Wenn ich das gewusst hätte …«

»Aber ich habe Ihnen doch erläutert, dass es um einen Auftrag der Gräfin ging und dass es schnell gehen musste«, beeilte sich Kökkenmöddinger zu sagen. »Heinz hat doch mit alldem gar nichts zu tun.«

»Aber Sie haben mir nicht gesagt, dass es um Leben und Tod ging!« Die Chefin klang bestimmt. »Und dass Sie beide der Gräfin quasi das Leben gerettet haben!«

»Ja.« Kökkenmöddinger verkniff sich ein Schmunzeln. »Datenschutz. Sie verstehen, Frau Walter? Ich kann doch nicht derart privates Wissen über meine Kundin preisgeben.«

»Das, lieber Kökkenmöddinger ehrt Sie außerdem.« Die Chefin nickte sichtlich zufrieden. »Und Sie haben sich dennoch für den Kollegen eingesetzt. Also, Herr Gerber, wir vergessen das mit der Abmahnung natürlich. Zumal die Gräfin von … was auch immer die Buchung eines weiteren Taxis für jenen Tag übernimmt. Meine Herren, das war's auch schon. An die Arbeit!«

Heinz schien aufzuatmen, und Kökkenmöddinger dachte an Rudi.

»Ach, eines noch, Frau Walter«, hob er an. »Könnten wir heute vielleicht ganz offiziell die Wagen tauschen?«

# Alle für eine & eine für alle

Kurz darauf tauschten sie die Wagen, und während Kökkenmöddinger seine Bücher und die CDs der Gräfin von einem Taxi ins andere räumte, kramte Heinz noch eine seiner Kappen hervor.

»Hier, für die Tarnung, mein Bester.« Heinz klopfte ihm auf die Schulter.

»Lass dich drücken.« Kökkenmöddinger umarmte ihn kurz, aber herzlich. »Ich freue mich, dass dieser Mist aus der Welt ist. Tut mir leid, dass ich dich in solch eine blöde Situation gebracht habe.«

»War ja keine Absicht.« Auch Heinz wirkte erleichtert. »Hey, vergiss deinen AOK-Chopper nicht!«

»Meinen was?« Kökkenmöddinger sah ihn verwundert an.

»Na, den Rollstuhl.« Heinz lachte.

Kökkenmöddinger verfrachtete eilig den Faltrollstuhl von einem Kofferraum in den anderen. »Übrigens, wenn dir irgend so ein Typ in einem roten Flitzer folgt ...«

»Nicht schon wieder so eine krude Geschichte!« Heinz fasste sich an den Kopf.

»Nein, nein.« Kökkenmöddinger schüttelte den Kopf. »Das ist nur der neue Schnösel von Jelena ...«

»Wie? Deine Jelena hat einen anderen?«, fragte Heinz.

Kökkenmöddinger seufzte. »Frag nicht! Erzähle ich dir beim nächsten Feierabendbier. Ich muss jetzt los. Die gnädige Gräfin ist sicher schon ungeduldig.«

Eine reichliche Stunde später fuhren sie über Land. Auf dem Rücksitz plauderte die Gräfin so angeregt mit Wanda Organza, dass Kökkenmöddinger nur staunen konnte.

Horst von Gundermark saß auf dem Beifahrersitz und gab Dinge von sich wie »Es sind eben doch blühende Landschaften geworden, zumindest hier in Sachsen …« und »Es gibt doch nichts Schöneres als Heimat …«.

Kökkenmöddinger stimmte ihm vage zu. Er genoss es, keine noch so schöne Musik in voller Lautstärke hören zu müssen. Auf Small Talk hatte er nicht wirklich Lust. Zumal es wieder mal nach Freiberg ging. Diesmal allerdings war das der Wunsch des Grafen gewesen, und seine Mutter hatte sich davon zunächst gar nicht erfreut gezeigt.

Kökkenmöddinger stand heute nicht der Sinn nach diesen widrigen gräflichen Familienangelegenheiten. Er dachte an Jelena und an diesen heuchlerischen Rudi. Womöglich war der Typ tatsächlich gefährlich.

Er warf einen Blick in den Rückspiegel. Hinter ihnen fuhr niemand. Er sah nur die beiden Damen im angeregten Gespräch auf dem Rücksitz. Er sollte eine Gelegenheit abwarten, um mit Wanda Organza unter vier Augen zu sprechen. Sie wusste mit Sicherheit mehr über Rudi.

»Herr Doktor, wären Sie wohl so freundlich, bei der nächsten Gaststätte anzuhalten?«, säuselte die Gräfin.

»Aber Mutter, wir haben doch gerade erst gefrühstückt«, mischte sich der Graf ein. »Du kannst doch nicht schon wieder Hunger haben.«

»Mitnichten, mein Junge. Es handelt sich sozusagen um das Gegenteil.« Die beiden Damen kicherten, und Kökkenmöddinger schmunzelte.

Der Graf legte die Stirn in Falten, sagte jedoch nichts.

Kökkenmöddinger fuhr den Wagen auf den Parkplatz eines Gasthofes im nächsten Ort. Dann stieg er aus und öffnete erst der Gräfin und dann Wanda Organza die Tür. Er wollte auch dem Grafen die Tür öffnen, doch der zeigte sich unwillig.

»Danke, Herr Dr. Kökkenmöddinger«, sagte er. »Ich warte hier im Wagen.«

»Wie Sie wollen.« Kökkenmöddinger geleitete die Damen bis zum Eingang.

Nachdem sie im Gasthaus verschwunden waren, entfernte er sich einige Schritte, zückte sein Telefon und wählte Jelenas Nummer. »Nun geh schon ran«, murmelte er. Die Verbindung wurde gehalten. Jelena war noch immer krankgeschrieben und daher zu Hause. Vielleicht ging sie deshalb nicht an ihr Handy. Er wählte erneut, diesmal die heimische Festnetznummer. Nichts. Der Ruf ging raus, aber es meldete sich niemand. Nicht einmal der Anrufbeantworter. Wo steckte sie nur? Erst recht, wenn Rudi schon wieder mit ihrem Wagen unterwegs war.

»Stecken Sie das Teufelsding weg, Herr Doktor«, rief die Gräfin ihm zu. »Sie haben doch uns zu Ihrer Unterhaltung.«

Wanda Organza lächelte. »Da hat die Frau Gräfin recht.«

Na, die beiden wurden noch wahre Freundinnen. Kökkenmöddinger steckte sein Telefon ein und half den Damen beim Einsteigen. Dann klemmte er sich hinters Steuer.

»Was meinen Sie, wann wir ankommen, Herr Dr. Kökkenmöddinger?«, fragte der Graf.

»Ich denke, spätestens in einer Viertelstunde sind wir da.« Kökkenmöddinger startete den Wagen.

»Sehr gut.« Horst von Gundermark richtete sein Halstuch. »Ich habe in einer halben Stunde eine Verabredung mit einem Geschäftsfreund in der Freiberger Altstadt.«

Tatsächlich parkte Kökkenmöddinger exakt eine Viertelstunde später den Wagen auf dem Untermarkt.

»Perfekt, Herr Doktor«, ließ sich der Graf vernehmen. »Das Geschäft ist keine zehn Minuten von hier entfernt.

»Ich kann Sie doch direkt dorthin bringen«, sagte Kökken-

157

möddinger. »Vor allem für Ihre Mutter ist der Weg durch diese Gassen doch etwas beschwerlich.« Er wandte sich der Gräfin zu. »Oder wollen wir sicherheitshalber den Rollstuhl mitnehmen, gnädige Frau?«

»O nein, heute nicht«, entgegnete die Gräfin. »Ich fühle mich doch sehr viel agiler als bei unserem letzten Besuch.

Kökkenmöddinger schnaufte. Hoffentlich verschwand die alte Dame heute nicht wieder plötzlich. Er bot der Gräfin den Arm an, und sie folgten mit Wanda Organza Horst von Gundermark, der zielstrebig durch einige Gassen schritt, bis sie vor einem Antiquitätengeschäft standen.

»Dass der Junge auch immerzu arbeiten muss«, sagte die Gräfin. Sichtlich widerstrebend betrat sie den geräumigen Laden. »Und dann dieser ganze alte Plunder. Alt bin ich schließlich selbst.«

Kökkenmöddinger tätschelte ihr beruhigend den Arm, während der Graf seinen offenbar sehr guten Bekannten und Geschäftspartner herzlich begrüßte.

»Pawel, wie schön dich wiederzusehen.« Er schüttelte die Hand des anderen. »Erinnerst du dich noch an meine Mutter?«

»Aber sicher«, der Angesprochene lächelte die Gräfin an. »Sie haben sich kein Bisschen verändert seit unserer letzten Begegnung, Frau Gräfin.«

»Und Sie lügen immer noch so dreist wie in Kindertagen, wenn Sie mit meinem Horst Streiche ausgeheckt haben.« Die Gräfin klang streng. »Offensichtlich ist aber etwas aus Ihnen geworden.« Sie sah sich demonstrativ um. »Was findet ihr Kinder nur an diesem alten Krempel? Das ist doch kein Beruf für richtige Männer.«

Wanda Organza lächelte, als der Graf sie jetzt als »die Frau an meiner Seite« vorstellte. Kökkenmöddinger bemerkte, dass sie den Antiquitätenhändler genau musterte.

»Und der Mann hier an meiner Seite ist Herr Dr. Kökkenmöddinger«, mischte die Gräfin sich ein. »An dem solltet ihr beide euch ein Beispiel nehmen. Der Mann ist so gebildet, dass es keinen Beruf mehr gibt, der ihn wirklich fordert. Und daher hat er sich auf seine Traditionen besonnen und ist ein Wikinger.«

Kökkenmöddinger grinste breit. Manchmal war es schwer zu glauben, dass diese alte Dame nicht unter Drogen stand.

Horst von Gundermark schaute irritiert. »Du meinst, ich sollte Taxi fahren, Mutter?«

»Das ist zumindest ehrliche Arbeit«, sagte sie spitz. »Und du müsstest mir nicht immerzu auf der Tasche liegen.«

Ein etwas peinliches Schweigen entstand. Kökkenmöddinger beobachtete Wanda, die sich offenbar aufmerksam umsah.

»Bist du immer noch regelmäßig in der alten Heimat, Pawel?«, nahm Horst Anlauf zu gepflegter Kommunikation.

»Regelmäßig zweimal im Monat«, sagte Pawel. »Du weißt doch, dass ich auch in Waldenburg ein Geschäft betreibe.«

»Ach, immer noch. Soso.« Horst wirkte erstaunt. »Und die Geschäfte dort laufen gut?«

Kökkenmöddinger horchte auf. Waldenburg. Das war doch die Stadt, aus der die Gräfin und ihre Familie stammten. Jelena hatte das für ihn recherchiert.

»Selbstverständlich. Reine Liebhaberei kann ich mir nicht erlauben«, erwiderte der Antiquitätenhändler mit einem Seitenblick auf die Gräfin. »Ich habe sehr gute Verbindungen dorthin.«

»Entschuldigung. Ich muss telefonieren.« Wanda hielt ihr Mobiltelefon in der Hand. »Ich gehe mal eben hinaus.« Sie verließ mit dem Handy am Ohr den Laden.

»Dann laufen deine Geschäfte gut, das freut mich«, sagte Horst von Gundermark. »Dürfen wir uns ein wenig umsehen, Pawel?«

»Aber natürlich«, sagte der Händler und warf erneut einen Blick auf die Gräfin. »Komm, Horst, ich zeige dir, was ich zuletzt in Prag ersteigert habe ...«

Die Gräfin seufzte abgrundtief. »Alles alter Kram. Das ist sowas von uninteressant.«

»Aber gnädige Frau …« Kökkenmöddinger hielt inne. Beinahe hätte er ihre Vorliebe für alten Schmuck erwähnt. Das sollte er wohl tunlichst vermeiden. »Und Ihr Sohn und dieser Antiquitätenhändler kennen sich schon aus Kindertagen? Das ist doch sehr schön.«

»Nun ja, man kann sich die Freunde seiner Kinder nicht aussuchen.« Sie klang patzig. »Wir haben damals in Walmbrich gelebt. Die Familie meines seligen Gatten, Sie verstehen?«

Kökkenmöddinger meinte zu verstehen, dass in dieser Familie noch weitaus mehr im Argen lag, als er ahnte und sie je zugeben würde. Aber er vermied es, das zu thematisieren.

In diesem Moment betrat Wanda wieder den Laden. Kökkenmöddinger hätte zu gern gewusst, mit wem sie gesprochen hatte. Am liebsten hätte er nachgefragt, ob sie mit Rudi telefoniert hatte.

»Wollen Sie sich nicht ein wenig umsehen, meine Liebe?«, fragte Wanda und wich Kökkenmöddingers durchdringendem Blick ganz offensichtlich aus. »Schauen Sie, dort in der Vitrine ist ganz entzückendes Meissener Porzellan.«

Die Gräfin lachte auf. »Ach, Geschirr … nein, danke. Ich habe selbst noch alle Tassen im Schrank.« Sie zog Kökkenmöddinger am Ärmel. »Kommen Sie, Herr Doktor. Wir gehen ein Eis essen, bis die Herrschaften hier ihren alten Krempel sortiert haben.«

Kökkenmöddinger öffnete die Wohnungstür. Er war geschafft vom Tag. Er hörte Jelena und Rudi im Wohnzimmer lachen. Offenbar ging es ihrer Stimme wieder besser. Natürlich … Immerhin hatte Rudi ihr nichts angetan. Er hatte Lust, sich einfach unbemerkt ins Bett zu trollen, als es klingelte. Auch das noch …

Kökkenmöddinger betätigte die Sprechanlage. »Ja bitte?«

»Guten Abend. Wir möchten zu Herrn Kökkenmöddinger«, hörte er eine weibliche Stimme sagen.

»Wer sind Sie denn?«, fragte er genervt.

»Das würden wir gern persönlich besprechen«, sagte die Frau.

»Na gut. Kommen Sie herauf. Zwölfter Stock.« Er betätigte den Türöffner.

Nun erschien Jelena im Flur. »Kökki, hallo. Hat da jemand geklingelt?«

Er nickte matt. »Ist für mich. Lass dich nicht stören.«

»Wer ist es denn?«, fragte Jelena. Ihre Stimme klang noch immer etwas rau.

»Das weiß ich auch nicht«, erwiderte er missmutig und öffnete die Wohnungstür, als er das »Pling« des Aufzugs hörte.

Dann traten zwei Uniformierte heraus und kamen direkt auf ihn zu. »Tjelle Rasmus Kökkenmöddinger?«

»Ist korrekt.« Kökkenmöddinger betrachtete die Frau und den Mann. »Polizei? Ist etwas passiert?«

»Wir haben nur ein paar Fragen an Sie, Herr Kökkenmöddinger«, sagte die Beamtin. »Können wir unter vier Augen sprechen?«

»Wohl kaum«, erwiderte er. »Wir haben ja gemeinsam sechs davon. Aber bitte, kommen Sie herein.«

Die Beamten traten ein.

»Was ist denn los?«, fragte Jelena.

»Mit Sicherheit hat es nichts mit dir zu tun«, entgegnete Kökkenmöddinger. »Meine … Mitbewohnerin Jelena Jankow.«

»Ach, Sie kenne ich aus dem Radio, stimmt's?«, fragte der männliche Beamte. »Sie machen da doch die Nachrichten.«

Jelena nickte und fasste sich an den Hals. »Ja, zumindest, wenn ich besser bei Stimme bin.«

»Herr Kökkenmöddinger, wo waren Sie gestern Abend zwischen zweiundzwanzig Uhr und drei Uhr heute früh?«, fragte die Beamtin.

Daher wehte also der Wind. »Ich war im *Hotel de Saxe*«, erklärte er. »Meine Kundin Gräfin von Gundermark hatte mich zum Essen auf ihrem Zimmer eingeladen.«

»Sie haben bis drei Uhr morgens gegessen?«, hakte der Polizist nach.

Kökkenmöddinger nickte, und Jelena sah ihn fragend an. »Ich habe mich übrigens beim Nachtportier abgemeldet und auf seinen Wunsch hin meine Personalien hinterlassen. Ich nehme an, deshalb sind Sie hier?«

Die Polizistin verzog keine Miene. »Wir haben die Information, dass Sie sich zur Zeit der jüngsten Schmuckraube in ebenjenem Hotel aufgehalten haben. Außerdem sind Sie zuvor in diversen anderen Hotels der oberen Kategorie ein- und ausgegangen.«

Nun erschien auch noch Rudi auf der Bildfläche. Kökkenmöddinger rieb sich die Stirn. Das konnte ja heiter werden.

»Ich hatte Herrn Kökkenmöddinger darum gebeten«, erklärte Rudi freundlich. »Ich selbst war auch in dem Hotel.«

»Ach, und wer sind Sie?« Die Beamtin sah Rudi von oben bis unten an.

»Rudolpho Metzger mein Name. Ich bin Versicherungsdetektiv.« Er lächelte gewinnend. »Ich habe Herrn Kökkenmöddinger gebeten, sich noch etwas um die Gräfin zu kümmern. Schließlich wurde sie bereits beraubt und hat nun Angst.«

»Können Sie sich ausweisen?«, fragte der Polizist.

»Selbstverständlich.« Rudi zog sein Portemonnaie aus der Hosentasche und brachte einen Personalausweis zum Vorschein.

»Und Sie selbst waren auch im Hotel?« Die Polizistin sah ihn aufmerksam an. »Wieso brauchten Sie dann noch Herrn Kökkenmöddinger?«

Rudi lachte. »Nun ja, ich musste mich auf die Lauer legen. Außerdem sehen Sie sich diesen Mann an. Er ist eben ein echter

Wikinger. Da fühlt sich eine Dame wie die Gräfin weitaus sicherer, als wenn ich vor ihrer Tür stehe.«

Nun musterten beide Beamten Kökkenmöddinger, der unwillkürlich die Luft anhielt.

»Die Frau Gräfin wird Ihnen das sicher bestätigen«, fügte Rudi
hinzu.

»Wenn das so ist.« Die Beamtin steckte den Notizblock weg,
den sie die ganze Zeit über in der Hand gehalten hatte. »Wir werden das überprüfen.«

Ihr Kollege sah erst Kökkenmöddinger und dann Rudi durchdringend an. »Halten Sie sich zu unserer Verfügung. Beide.«

»Schönen Abend noch.« Die Beamtin hielt dem Kollegen bereits die Tür auf.

Kökkenmöddinger schnaufte. Am liebsten hätte er sich Rudi
erneut zur Brust genommen, doch Jelenas Anwesenheit hielt ihn
zurück.

»Keine Ursache.« Rudi zwinkerte ihm zu. »Mach dir keine Gedanken. Deine Gräfin wird dich nicht verpfeifen.«

# Jeder gegen jeden

Verwirrt saß Kökkenmöddinger am nächsten Morgen im Taxi auf dem Weg zum Neumarkt. Er wurde aus der ganzen Geschichte nicht schlau. Die halbe Nacht hatte er versucht, die Puzzleteile zusammenzusetzen und war schließlich vor allem an einer Person hängen geblieben: Horst von Gundermark. Wer sagte denn, dass der Graf nicht wusste, dass Rudi und Wanda sich kannten?

Dann fiel ihm der Schmuck ein, den Jelena unter dem Autositz gefunden hatte. Wenn man ihn selbst jetzt schon verdächtigte, mit den Schmuckräubern zusammenzuarbeiten, musste er die Klunker loswerden. Nicht auszudenken, wenn man sie ausgerechnet bei ihm fände.

An der nächsten roten Ampel warf Kökkenmöddinger einen Blick ins Handschuhfach und zuckte zusammen. Das Fach war leer. Hier war kein Schmuck! Und außer ihm und Jelena hatte nur der Graf davon gewusst. Und der hatte gestern den ganzen Tag im Taxi gesessen. Ja, er war sogar während der Pinkelpause der Damen allein im Wagen gewesen …

Hinter ihm ertönten Hupen. Die Ampel zeigte Grün an. Er gab Gas und fuhr am Albertinum vorbei langsam um die Frauenkirche herum auf das Hotel der Gräfin zu.

Er würde sich gleich erst einmal diesen Grafen vorknöpfen. So ging es ja nicht. Kökkenmöddinger ärgerte sich über sich selbst. Er hätte der Gräfin den Schmuck sofort geben sollen.

Sichtlich erfreut winkte sie ihm in der Hotelhalle zu.

»Guten Morgen, gnädige Frau.« Kökkenmöddinger sah sich um, doch der Graf schien nicht in der Nähe zu sein.

»Herr Doktor, wie schön!«, freute sich die alte Dame. »Sie haben unser gemeinsames Frühstück nicht vergessen.«

»Nein, natürlich nicht«, log Kökkenmöddinger. Er hatte an das Frühstück überhaupt nicht mehr gedacht. Aber nun sollte es ihm recht sein. »Sagen Sie, wird Ihr Sohn mit uns frühstücken?«

»Das nehme ich doch an«, erwiderte die Gräfin. »Aber wenn nicht, kann er es auch bleiben lassen. Er verdirbt uns mit seinem Grünzeugwahn ohnehin nur den Appetit. Kommen Sie!« Sie hinkte mit ihrem edelhölzernen Stock voraus in den Frühstückssaal, wo ein üppiges Büfett wartete. An einem der Tische erhob sich gerade Wanda Organza, um sie zu begrüßen.

»Wanda, meine Liebe.« Die Gräfin nahm Platz, als die junge Frau ihr den Stuhl zurechtrückte. »Wo steckt denn Horst?«

»Soweit ich weiß, hat Ihr Sohn einen dringenden Termin in Görlitz«, sagte sie. »Er ist schon sehr früh losgefahren.

Kökkenmöddinger überlegte kurz. Der Graf schaffte wahrscheinlich den Schmuck beiseite. Hatte nicht Jelena gesagt, die von Gundermarks bewohnten eine Villa in Görlitz? Vermutlich legte er den Schmuck zu Hause in den Safe.

»Gnädige Frau, verzeihen Sie, wenn ich Sie schon beim Frühstück mit so unerfreulichen Themen behellige«, hob Kökkenmöddinger an. »Aber mich würde interessieren, ob Sie den geraubten Schmuck schon bei der Versicherung gemeldet haben …«

Für einen Augenblick verfinsterte sich die Miene der Gräfin. »Das ist in der Tat ein unerfreuliches Thema. Aber seien Sie beruhigt, Herr Doktor, ich habe jedes einzelne Schmuckstück der Versicherung angezeigt. Das muss schließlich alles seine Ordnung haben.«

Kökkenmöddinger schielte zum Büfett. Dann wäre es zumindest Versicherungsbetrug, wenn Horst von Gundermark den Schmuck aus dem Taxi verschwinden ließ …

»Nun holen Sie sich schon etwas zu essen, Herr Doktor«, forderte die Gräfin ihn auf. »Ein Mann wie Sie hat doch sicherlich immer Hunger.« Sie wandte sich an Wanda. »Und Sie, Kindchen, sind doch sicher so gut und stellen mir ein paar Happen zum Frühstück zusammen. Sie wissen ja, mein Bein will manchmal nicht so recht.«

»Aber gern.« Wanda lächelte. »Was möchten Sie denn? Etwas Obst und Croissants?«

»Ach was, keinen Schnickschnack«, sagte die Gräfin. »Ich möchte gebratenen Speck, viel Rührei und vor allem Würstchen mit reichlich Senf. Und bitte kein Vollkornbrot oder sonstige Körner. Bringen Sie mir einfach zwei Brötchen dazu.«

Kökkenmöddinger zögerte, als Wanda Richtung Büfett entschwand.

»Gehen Sie ruhig.« Die Gräfin orderte Espresso. »Ich komme auch gut einen Moment allein zurecht.

Kökkenmöddinger folgte Wanda und bediente sich am Büfett. Er lud Lachs, Rollmöpse und reichlich Käse auf seinen Teller. Beim Rührei traf er auf Wanda.

»Darf ich Sie etwas fragen, Frau Organza?« Er bemerkte, dass sie zusammenzuckte. »Ich meine jetzt, da wir mal einen Moment unter uns sind.«

»Natürlich. Fragen Sie.« Sie lachte etwas gekünstelt.

»In welcher Beziehung stehen Sie eigentlich zu Rudi?« Er beobachtete sie genau. »Sie wissen schon, ich spreche von Rudolpho Metzger.«

»Wie meinen Sie das?« Sie schaufelte Rührei auf den Teller, der für die Gräfin bestimmt war.

»Weichen Sie nicht aus«, verlangte Kökkenmöddinger. »Ich weiß, dass Sie sich kennen. Ich habe Sie mehrfach zusammen gesehen.«

Sie sah ihn an. »Wir sind Kollegen. Wir arbeiten zusammen.«

»Und in welchem Kontext, wenn ich fragen darf?« Kökkenmöddinger stellte seinen Teller ab. »Rudi gibt an, Versicherungsdetektiv zu sein. Das hat er auch der Polizei gesagt.«

»Der Polizei?« Sie kniff die Augen zusammen. »Wieso denn Polizei?«

»Oh, die stand gestern bei mir auf der Matte«, erklärte Kökkenmöddinger. »Und Rudi wohnt derzeit bei uns. Aber das wissen Sie ja sicher.«

Sie nickte. »Ja, das weiß ich. Und ja, wir sind in der Tat Kollegen bei der Versicherung.« Sie kam ein Stück näher. »Aber bitte erwähnen Sie das nicht gegenüber den von Gundermarks.« Sie machte auf dem Absatz kehrt und lief mit dem Teller zurück zum Tisch.

Kökkenmöddinger blickte ihr nach. Das wurde ja immer absurder.

In diesem Moment vibrierte sein Mobiltelefon. Er zog es aus der Tasche und nahm den Anruf entgegen. »Ja, bitte …«

»Kökki?«, fragte eine weibliche Stimme. »Ich bin's, Bärbel. Du wirst nicht glauben, was passiert ist!«

»Bärbelchen, beruhige dich. Natürlich glaube ich dir«, sagte er sanft. »Was ist los? Ist etwas mit Heinz?«

»Eben gerade …« Bärbel schluchzte. »Die Polizei … sie, sie …«

»Beruhige dich«, mahnte er. »Ich verstehe gar nichts. Soll ich vorbeikommen?«

»Sie, sie haben ihn mitgenommen«, jammerte Bärbel. »Sie haben meinen Heinz verhaftet.«

»Verhaftet? Bist du sicher?« Kökkenmöddinger bekam eine Gänsehaut. »Meinst du nicht, dass du etwas falsch verstanden hast? Vielleicht muss er nur eine Aussage machen.«

Bärbel schluchzte. »Du meinst, sie wollen ihn nur verhören?«

»Ja, sowas in der Art. Vernehmung als Zeuge oder etwas dergleichen.« Kökkenmöddinger wusste nicht, ob er mehr Bärbel oder sich selbst zu beruhigen versuchte. »Vielleicht hatte er einen Fahrgast, der polizeilich gesucht wird.«

»Ogottogott.« Bärbel klang weinerlich.

»Weißt du was …« Er sah den strafenden Blick eines Hotelmitarbeiters auf sich gerichtet. »Ich fahre gleich mal vorbei bei der Polizeiwache und erkundige mich. Ich melde mich dann bei dir, okay?«

»O ja, wenn du das tun könntest«, sagte Bärbel. »Das wäre wunderbar. Heinz hat ganz komisch reagiert. Du weißt doch, wenn es Ärger gibt, sagt er immer gar nichts mehr.«

»Trink einen Baldriantee«, riet Kökkenmöddinger. »Ich melde mich, sobald ich etwas Genaueres weiß.« Er steckte das Telefon weg, nahm seinen Teller vom Büfett und ging zum Tisch der Gräfin. Mit einem sehnsuchtsvollen Blick auf den noch vollen Teller bat er um Entschuldigung. »Meine Damen, ich muss noch einmal kurz weg. Es ist beruflich.«

»Wozu habe ich Sie eigentlich gebucht, mein lieber Doktor, wenn Sie ständig bei Ihrer Chefin vorsprechen müssen?« Die Gräfin schüttelte den Kopf. »Das ist wirklich eine Frechheit.«

»Nein, nein, so ist es nicht«, entgegnete Kökkenmöddinger schnell. »Ein Kollege von mir steckt in Schwierigkeiten. Ich habe seiner Frau versprochen, dass ich mich darum kümmere.«

»Ach Gottchen.« Die Gräfin nahm einen Schluck Espresso. »Sie sind ein wirklich Guter. Lassen Sie sich doch nicht so ausnutzen.«

Na, das sagte ja die Richtige. Kökkenmöddinger riss sich schweren Herzens vom Anblick seines Tellers los. »Ich beeile mich auch.«

»Das sollten Sie in der Tat.« Die Gräfin warf einen Blick auf ihre edle Armbanduhr. »Ich werde sonst mit der lieben Wanda einen Einkaufsbummel machen.«

Kökkenmöddinger verließ das Hotel. Die wenigen Meter in die Schießgasse, in der die Polizeidirektion lag, lief er zu Fuß. Hier war das Revier für den Bereich Altstadt untergebracht. Er kannte sich aus. Schließlich fuhr er seit Jahren nach den Weihnachtsfeiern die Beamten privat durch Dresden.

Er eilte in das Gebäude.

»Guten Morgen. Kökkenmöddinger mein Name. Ich bin Taxifahrer«, sagte er zum Diensthabenden. »Man hat soeben meinen Kollegen Heinz Gerber mit aufs Revier genommen. Darf ich erfahren, was los ist?«

»Morgen.« Der Beamte grinste. »Grundsätzlich würde ich mal sagen: nein. Aber ich schau mal, was ich für Sie tun kann.« Er verschwand hinter einer Tür.

Kökkenmöddinger trommelte unwillkürlich mit den Fingern auf den Tresen. Er musste sich zur Ruhe ermahnen. Ruhe ... Ha! Jelena und dieser Rudi, der Graf, der einfach den Schmuck klaute, seine Freundin, die offenbar auch für eine Versicherung arbeitete, Heinz bei der Polizei ... »*Pokkers!*«

»Wie bitte?« Der Diensthabende kehrte zurück.

»Ach nichts.« Kökkenmöddinger zuckte zusammen. Führte er jetzt schon Selbstgespräche? Wie hieß es bei Platon? »Das Denken ist das Selbstgespräch der Seele.« Doch sein Denken funktionierte gerade nur in wirren Monologen, die nicht zueinanderpassten.

»Also, Ihr Kollege ist hier, das ist korrekt«, erklärte der Beamte. »Was haben Sie denn nun zu dem Sachverhalt beizutragen?«

Kökkenmöddinger räusperte sich. »Ich wüsste gern, um welchen Sachverhalt es sich dabei handelt.«

»Und Sie meinen also, Sie können hier hereinkommen und sich über irgendwelche x-beliebigen Ermittlungen informieren?« Der Beamte grinste schief.

»Das ist doch nicht x-beliebig. Heinz ist mein Kollege.« Kökkenmöddinger überlegte kurz. »Und ich soll sein Taxi übernehmen.«

»Na, das wird nischt«, sagte der Diensthabende. »Das Taxi ist konfisziert. Beweissicherung, Sie verstehen?«

»Nein. Ich verstehe gar nichts«, sagte Kökkenmöddinger. »Ist er als Zeuge hier? Also Heinz Gerber, meine ich.«

»Tut mir leid, noch mehr kann ich Ihnen wirklich nicht sagen.« Der Beamte beugte sich über den Tresen. »Wir können Ihren Kollegen bis zu vierundzwanzig Stunden zur Vernehmung hierbehalten. Das nur mal so grundsätzlich.«

»Und nur mal so grundsätzlich können Sie sich nicht zufällig daran erinnern, ob er als Zeuge, Opfer oder Täter vernommen wird?«, fragte Kökkenmöddinger. »Seine Frau macht sich große Sorgen …«

»Die Frau also.« Der Beamte grinste. »Nu, Opfer ist er schon mal nicht, und Zeuge wohl auch nicht. Beruhigt Sie das ein wenig?«

Kökkenmöddinger wurde ganz flau. »Das beunruhigt mich außerordentlich. Was soll er denn verbrochen haben?«

»Nu reicht's aber«, stellte der Diensthabende klar. »Das versuchen meine Kollegen doch gerade herauszufinden.«

Kökkenmöddinger resignierte. Er würde nicht mehr aus dem Mann herausbekommen. Er hatte schon genug Zeit vertrödelt.

Auf dem Fußweg zurück zum Hotel rief er bei Bärbel an und schilderte ihr kurz die Lage. Wie zu erwarten, war sie nicht gerade erfreut darüber. Immerhin war klar, dass Heinz in spätestens vierundzwanzig Stunden wieder bei ihr sein würde. Was sollte er schon ausgefressen haben?

Als er den Frühstückssaal erreichte, war der Tisch der Damen verwaist. Offenbar hatte er die Gräfin zu lange warten lassen. Sie hatte ja bereits angekündigt, sie würde sonst einen Einkaufsbummel machen.

Außerdem war er sich sicher, dass Wanda Organza nicht an der Gräfin klebte, um sie von ihren Schwiegertochter-Qualitäten zu überzeugen. Das hatte mit ihrem Job bei der Versicherung zu tun. Horst von Gundermark stand bestimmt unter Beobachtung.

Kökkenmöddinger verließ das Hotel. Das hieß aber auch, dass Wanda und Rudi aus professionellen Gründen heimlichtaten. Sie waren also kein Liebespaar ... Schon waren seine Gedanken wieder bei Rudi und Jelena. Das schmeckte ihm am allerwenigsten.

Er griff erneut zum Telefon und wollte gerade Jelenas Nummer wählen, als ein Summen ertönte und das Display ›Jelena‹ anzeigte.

»Kökki? Was ist los?« Ihre Stimme war noch immer rau. »Warum bist du gestern Abend sofort ins Bett verschwunden? Und heute Morgen warst du ganz früh weg. Muss ich mir Sorgen machen?«

Kökkenmöddinger lächelte unwillkürlich. Sie machte sich also Sorgen um ihn.

»Kökki? Nun sag doch was!«, verlangte sie. »Steckst du in Schwierigkeiten?«

»Ähm, nein«, sagte er schnell. »Das heißt, doch. Ich habe noch nicht gefrühstückt und einen Bärenhunger.«

Jetzt lachte Jelena. »Dann scheint ja alles wie immer zu sein. Wo steckst du denn? Bist du wieder mit der komischen Alten unterwegs?«

»Nein.« Kökkenmöddinger schlenderte über den Neumarkt. »Ich bin in der Stadt. Wir könnten zusammen frühstücken. Oder bist du im Sender?«

»Nein, ich ...«, entgegnete Jelena und räusperte sich. »Frühstücken ist eine gute Idee. Im Café am Altmarkt?«

»Hervorragend.« Kökkenmöddingers Herz schien zu hüpfen.

»Gut. Kann aber einen Moment dauern. Rudi hat wieder mein Auto. Bis gleich.«

»Ich kann dich doch abhol...«

Doch Jelena hatte die Verbindung bereits unterbrochen. Also machte er sich an der Baustelle Kulturpalast vorbei auf zum Altmarkt. Wieso hatte Rudi schon wieder ihr Auto? Na, immerhin war er dann unterwegs und baggerte nicht an Jelena herum ... Kökkenmöddinger war neugierig, welche Geschichte Rudi Jelena über die Nacht im Hotel aufgetischt hatte. Nachdem die Polizei gestern in ihrer Wohnung gewesen war, hatte sie ihn doch bestimmt ausgefragt …

Ein lautes Klingeln unterbrach seine Gedanken. Hoppla! Eine Straßenbahn!

Jemand zog ihn am Ärmel zurück. Er sah eine alte Dame neben sich, die den Lockenkopf schüttelte. »Haben Sie denn keine Augen im Kopf?«

»Diese Frage ist sinnfrei«, stellte Kökkenmöddinger fest. »Aber haben Sie vielen Dank! Ohne Sie wäre ich doch glatt vor die Bahn gelaufen.«

Sie schüttelte erneut den Kopf. »Leute gibt es.«

»Die Feststellung wiederum ist zutreffend.« Kökkenmöddinger tippte sich grinsend an die Stirn. »Also, vielen Dank nochmal. Einen schönen Tag noch!«

Er überquerte unbehelligt die Wilsdruffer Straße und lief über den Altmarkt. Dann betrat er das Café an der Ecke zur Kreuzkirche und suchte sich einen Tisch nahe einem der großen Fenster aus.

Eine Bedienung brachte ihm die Karte. »Darf es schon etwas zu trinken sein?«

»Ja, einen großen Kaffee, bitte«, sagte er. »Ich erwarte noch jemanden.«

Kökkenmöddinger beobachtete das muntere Treiben auf dem Altmarkt. Ausnahmsweise waren weder Buden noch irgendwelche Kirmesattraktionen aufgebaut. Für den Altmarkt war das eine seltene Ausnahme. Man konnte über den gesamten Platz gucken, bis zu dem Juweliergeschäft, das man erst vor ein paar Tagen überfallen hatte.

Moment mal! Kökkenmöddinger zwinkerte. Der Mann, der dort entlanglief, erinnerte ihn doch sehr an … Ja, jetzt beim Näherkommen erkannte er ihn: Es war Horst von Gundermark.

»So, einmal der Kaffee.« Die Bedienung servierte eine große Tasse.

»Danke.« Kökkenmöddinger sah sie an, um dann wieder hinauszublicken. Wo war der Graf denn jetzt? Er konnte ihn nicht mehr entdecken. Wahrscheinlich hatte er sich getäuscht ...

In diesem Moment betrat Jelena das Café und winkte ihm schon von weitem fröhlich zu. »Weißt du, was ich ganz toll finde?« Sie ließ sich am Tisch nieder.

Er reichte ihr die Karte. »Nein, aber du platzt ja gleich vor Mitteilungsbedürfnis. Deshalb werde ich es sicher bald erfahren.« Er schmunzelte.

»Ich finde es super, dass du Rudi so geholfen hast und dich noch so lange über deinen Feierabend hinaus um diese komische Gräfin gekümmert hast.« Sie winkte der Bedienung. »Kaffee, groß und schwarz, bitte!«

»Wie bitte?« Kökkenmöddingers Schmunzeln gefror. »Hast du ihm die Geschichte etwa geglaubt?«

»Natürlich.« Jelena wirkte erstaunt. »Er hat das doch sogar der Polizei gegenüber geschildert. Wie absurd, dass man dich für einen Schmuckräuber hält.« Sie kicherte.

»Ja, das ist in der Tat absurd.« Kökkenmöddinger nickte. »Aber nicht weniger absurd als Rudis Geschichte. Ich habe das Hotelzimmer der Gräfin gegen elf Uhr am Abend verlassen ...«

»Ach?« Jetzt sah Jelena ihn mit großen Augen an. »Und wo warst du dann, wenn nicht bei der Gräfin?«

»Ja, meine Liebe, das wüsste ich auch gern«, sagte Kökkenmöddinger mit süffisantem Unterton. »Die meiste Zeit war ich allerdings bewusstlos ...«

»Hallihallo!«, hörte er in diesem Moment eine bekannte Stimme hinter sich. »Da bin ich schon.«

»Rudi, wie schön, dass du so schnell kommen konntest«, rief Jelena.

Kökkenmöddinger schnaufte. Der hatte ihm ja gerade noch gefehlt …

»Kökki, altes Haus!« Rudi klopfte ihm plumpvertraulich auf die Schulter.

Kökkenmöddinger duckte sich reflexhaft. »Rudi, alter Gangster! Heute schon jemanden bewusstlos geschlagen?«

»Was?«, fragten Rudi und Jelena im Chor.

»Und wie geht es deiner Kollegin Wanda? Habt ihr alles im Griff?«, höhnte Kökkenmöddinger weiter.

»Wanda?«, fragte nun Jelena. »Wieso Wanda? Und wieso Kollegin?«

»Wanda ist die Freundin des Grafen«, erklärte Kökkenmöddinger. »Oder eben doch nicht. Nicht wahr, lieber Rudi? Stimmt es, dass ihr Kollegen seid?«

»Ja, das stimmt.« Rudi grinste schief. »Dir kann man aber auch nichts vormachen.«

»Dazu muss man mich schon bewusstlos schlagen.« Kökkenmöddinger nickte. »Aber das hast du ja offenbar noch rechtzeitig erkannt, bevor ich euch auf die Schliche kommen konnte.«

»Ich?« Rudi tippte sich auf die Brust. »Wieso denn ich?«

»Na, ich glaube kaum, dass Wanda mir eins über den Schädel gezogen hat.« Kökkenmöddinger schnaubte verächtlich.

»Du hast ihn geschlagen?« Jelena klang empört. »Warum tust du sowas?«

»Ja, das würde mich auch interessieren«, sagte Kökkenmöddinger. »Warum? Steckt ihr mit den Schmuckräubern unter einer Decke? Oder gibt es diese angebliche Versicherung, für die ihr arbeitet, gar nicht?«

»Was? Nein, nicht doch, hier liegt ein Missverständnis vor.« Rudi schlug sich mit der Hand vor die Stirn. »Aber so langsam verstehe ich, was du denkst.«

Kökkenmöddinger musterte ihn. Entweder war der Typ ein

genialer Schauspieler oder die Dinge waren tatsächlich anders gelagert. »Dann erklär es mir. Ich weiß nämlich langsam selbst nicht mehr, was ich denke.«

»Also, Wanda und ich arbeiten tatsächlich als Versicherungsdetektive, allerdings für verschiedene Versicherungen.« Er atmete tief durch. »Wir arbeiten aber öfter mal zusammen. Unter der Hand, versteht sich, denn die Versicherungsunternehmen … nun ja, sie kooperieren nicht gerade, sondern versuchen ja, sich gegenseitig die Kunden abzujagen.«

»Und damit eure Zusammenarbeit nicht rauskommt, schlägst du auch mal zu, oder was?«, hakte Kökkenmöddinger missmutig nach. »Ist ja sehr professionell.«

»Nicht doch«, wehrte Rudi ab. »Ich habe dich nicht niedergeschlagen. Ich habe dich bewusstlos auf dem Hotelflur gefunden.«

»Ach?«, mischte Jelena sich ein. »Und wieso erfahre ich erst jetzt davon?«

»Ich habe dich dann in eines der Zimmer gelegt, die Wanda gebucht hatte«, fuhr Rudi fort. »Da musste einer ganz schön zugeschlagen haben, um einen Typen wie dich umzuhauen. Ich wollte nichts riskieren.«

Kökkenmöddinger rieb sich unwillkürlich den Kopf. Die Beule schmerzte bei Berührung noch immer. »Und Wanda hatte also gleich mehrere Zimmer gebucht?«

»Ja, so konnte sie die von Gundermarks mit dort einschleusen.« Rudi nickte. »Sie ist schließlich nicht umsonst an dem Grafen dran. Wanda ist zwar sehr abgebrüht, aber sie ist auch richtig gut.«

»Du meinst, sie hat eine Affäre mit ihm angefangen, nur um ihn zu überführen?« Jelena stieß einen leisen Pfiff aus. »Das ist in der Tat abgebrüht. Das würde ich für keine noch so heiße Story tun.«

»Und ich vermute mal, der Graf hat den Schmuck aus meinem

Taxi geklaut«, stellte Kökkenmöddinger fest. »Wahrscheinlich hat er ihn heute früh verschwinden lassen.«

»Du hast Schmuck in deinem Wagen?«, fragte Rudi.

»Ja, ich habe ihn unter dem Sitz gefunden«, sagte Jelena. »Und dann habe ich ihn im Handschuhfach deponiert.«

»Wann war denn das?«, fragte Rudi. »Ich bin an dem Grafen dran, seit ihr gestern aus Freiberg zurückgekommen seid. Seitdem hat er sich nur mit Immobilienleuten getroffen.«

»In Görlitz?«, fragte Kökkenmöddinger.

»Nein, hier in Dresden«, entgegnete Rudi. »Wieso denn Görlitz?«

»Wanda sagte, er sei heute ganz früh zu einem Geschäftstermin nach Görlitz gefahren«, erinnerte sich Kökkenmöddinger. »Und ich habe angenommen, dass er den restlichen Schmuck wegschafft. Allerdings glaube ich, ihn vorhin erst gesehen zu haben. Er ist hier vorbeigelaufen. «

Rudi nickte. »Vielleicht hat er durchschaut, wer Wanda ist.«

»Oder sie treibt ein doppeltes Spiel …« Jelena runzelte die Stirn.

Kökkenmöddinger schüttelte den Kopf. »Also, bevor wir das jetzt alles in Ruhe sortieren, brauche ich etwas zu essen.« Er winkte die Bedienung heran. »Dreimal großes Frühstück bitte.«

Die Servicekraft zuckte die Achseln. »Das tut mir leid. Frühstück gibt es nur bis zwölf.«

Kökkenmöddinger stöhnte auf.

# Schmutzige Wäsche

Kökkenmöddinger räumte den Tisch ab, und Rudi verstaute das Geschirr in der Spülmaschine, während Jelena Tee für alle zubereitete.

Kökkenmöddinger mochte Rudi noch immer nicht und beargwöhnte sein Verhalten gegenüber Jelena. Er konnte jedoch nichts Verdächtiges feststellen. Und immerhin hatte er sie beide bekocht und diesmal beim Sauerbraten auf die Rosinen verzichtet. Und mit gefülltem Magen dachte es sich gleich viel besser.

»Ich verstehe immer noch nicht, wo der Schmuck hingekommen sein soll«, sagte Jelena. »Wenn der Graf ihn nicht hat, und die Gräfin hat ihn tatsächlich vergessen ...«

»Es ist ja nicht gesagt, dass der Graf ihn nicht hat«, unterbrach Kökkenmöddinger sie. »Ich kann mir nur nicht vorstellen, dass er ihn in seinem Hotelzimmer deponiert. Das wäre viel zu riskant.«

»Wanda hat doch gestern mit in deinem Taxi gesessen, oder?«, fragte Rudi. »Jedenfalls nehme ich das an. Leider hast du mich ja frühzeitig abgehängt. Ich wusste nur von Wanda, dass ihr in Freiberg wart.«

»Stimmt.« Kökkenmöddinger schmunzelte. »Ich habe dich abgehängt und mit Heinz getauscht.«

Jelena lachte. »Und Rudi ist erstmal dem falschen Taxi gefolgt?«

»Ja, bis zur Mittagspause«, sagte Rudi. »Dann ist ja der falsche Fahrer ausgestiegen, so dass ich es bemerken musste.«

»Moment mal!« Kökkenmöddinger rieb sich die Schläfe. »Ich habe mit Heinz den Wagen getauscht. Und es musste schnell gehen, weil die Gräfin wartete und Heinz auch seine Schicht antreten musste ...« Er schloss die Augen. »Ich habe die CDs von der Gräfin umgeräumt, meine Bücher, dann hat Heinz mir noch den Rollstuhl ... *Pokkers!*«

»Was?« Jelena sah ihn an.

»Der Schmuck wurde mir gar nicht geklaut«, stellte Kökkenmöddinger fest. »Der ist noch in meinem alten Wagen.«

»Du meinst, Heinz fährt ohne es zu wissen den Schmuck der Gräfin durch die Gegend?« Jelena grinste. »Und ihr wähnt überall Gangster ...«

»Nicht doch«, stöhnte Kökkenmöddinger auf. »Heinz ist heute früh von der Polizei mitgenommen worden. Und das Taxi wurde konfisziert!«

»Du meinst, man hat den Schmuck in dem Wagen gefunden und verdächtigt jetzt deinen Kollegen?«, fragte Rudi. »Da hast du ja nochmal Glück gehabt. Stell dir vor, die Polizisten gestern Abend hätten den noch in deinem Taxi gefunden.«

»Aber wieso haben sie Heinz' Wagen überhaupt untersucht?«, fragte Jelena.

Kökkenmöddinger stöhnte erneut auf. »Ich musste dem Nachtportier doch meine Wagennummer nennen. Da habe ich sicher in meinem dusseligen Kopf meine Stammnummer genannt. Und mit der ist Heinz nun unterwegs.«

»Wollte er denn nicht deine Wagenpapiere sehen?«, fragte Rudi.

»Nein. Aber die liegen ja auch im Wagen.« Kökkenmöddinger seufzte. »Der arme Heinz. Da habe ich ihm ja was eingebrockt. Ich muss sofort zur Polizei und die Sache aufklären.«

»Ach, und dann selbst erstmal in Gewahrsam genommen werden?« Rudi lachte. »Nee, wir überführen jetzt erstmal die Schmuckräuber. Dann hat die ganze Sache auch Hand und Fuß.«

Jelena nickte. »Wo er recht hat, hat er recht.«

Die Tür des Hotelzimmers öffnete sich.

»So, die Luft ist rein, ihr könnt Position beziehen«, flüsterte Rudi.

Jelena huschte hinaus, und Kökkenmöddinger folgte ihr. Rudi hatte offenbar an alles gedacht und extra zwei Wäschewagen so auf dem Flur platziert, dass sie sich gut in einer Nische verstecken konnten.

»Ich bin vorn an der Treppe«, zischte er und verschwand.

Kökkenmöddinger dachte an Heinz. Er war ihm etwas schuldig. Ihm und Bärbel. Da musste er sich etwas einfallen lassen.

»Du denkst an Heinz, was?«, hauchte Jelena neben ihm.

»Ja, ich überlege, wie ich mich für die Misere bei Heinz und Bärbel entschuldigen kann.«

»Auf jeden Fall solltest du Bärbel keinen Schmuck schenken.« Sie kicherte leise. »So, und jetzt heißt es Klappe halten. Sobald sich etwas tut, schalte ich das Mikrofon ein.« Sie zog ein digitales Aufnahmegerät aus der Tasche.

»Du bist fast so abgebrüht wie diese Wanda«, stellte Kökkenmöddinger fest. »Wenn nicht genauso.«

»Genauso? Wie meinst du das?«

»Du findest diesen Rudi doch nicht wirklich attraktiv, oder?« Kökkenmöddinger biss sich auf die Unterlippe. Wieso rutschte ihm das ausgerechnet jetzt raus?

»Och doch. Rudi hat schon etwas.« Jelena seufzte leise. »Aber der Mann ist nicht interessiert.«

»Bitte?«

»Pssst!«, machte Jelena. »Er will nichts von mir.«

Kökkenmöddinger sah sie von der Seite an. »Das kann nicht sein. Hat er das gesagt?«

»Ja, oder besser nein«, zischte Jelena. »Rudi steht nicht nur nicht auf mich, er steht überhaupt nicht auf Frauen.«

»Ach?« Kökkenmöddinger staunte. »Der ist schwul?«

»Genau. Hast du das nicht gemerkt?« Sie kicherte erneut. »Er hat dich ein paarmal regelrecht angeflirtet.«

»O nein.« Jetzt musste auch Kökkenmöddinger schmunzeln. »Und ich dachte, der tut so plump, weil er dich beeindrucken will.«

»Falsch gedacht, mein Lieber.« Jelena wuschelte ihm durch die Haare.

»Autsch, meine Beule.« Er duckte sich.

»Rudi hat dich in der Nacht bestimmt gern versorgt.«

»Psst!«, machte Kökkenmöddinger. »Da tut sich was.«

»Gut, dann Ruhe. Ich starte die Aufnahme.«

Kökkenmöddinger sah, dass Wanda aus dem Zimmer des Grafen kam und über den Flur verschwand.

Kurz darauf öffnete sich die Zimmertür erneut, und der Graf erschien. Er war dunkel gekleidet. Kökkenmöddinger versuchte sich zu erinnern, was er tagsüber getragen hatte. Er hatte ihn doch auf dem Altmarkt …

Jelena stupste ihn in die Seite und deutete auf den Grafen. Der hantierte mit einem Schlüssel, schien sich dann eines Besseren zu besinnen, ging weiter und klopfte an die Zimmertür seiner Mutter.

Doch nichts tat sich.

Er klopfte erneut.

Wieder nichts.

Er sah sich auf dem Flur um, spielte wieder kurz mit seinem Schlüssel und lief zurück in sein Zimmer.

Die Minuten verstrichen.

Jelena seufzte leise. »Ich stelle das Band ab.«

»Nein, sieh doch!« Kökkenmöddinger packte sie am Arm.

Eine zierliche Person in einem engen schwarzen Anzug mit Kapuze und Maske erschien auf dem Flur und verschwand geräuschlos in einem der Zimmer.

Kurz darauf tauchte sie wieder auf und huschte nach wenigen lautlosen Handgriffen in das nächste Zimmer.

»Jetzt schnappen wir uns den Kerl«, zischte Kökkenmöddinger. »Der ist ja mickrig.«

»Psst!«, machte Jelena. »Da ist er wieder.«

»Das Zimmer des Grafen lässt er aus …«

»Klar, der will zur Gräfin …«

Die Gestalt verschwand im Zimmer der Gräfin.

»Wir müssen eingreifen«, zischte Kökkenmöddinger. »Der tut ihr noch etwas.«

»Nein, schau …«

In dem Moment kam die Gestalt wieder aus dem Zimmer heraus und tänzelte mit behänden Bewegungen über den Flur auf die Wäschewagen zu.

»Jetzt«, zischte Kökkenmöddinger, schob den Wäschewagen auf den Flur und wollte sich auf den Dieb stürzen. Doch der kletterte leichtfüßig über die Sperre und trat ihm dabei auch noch auf den Kopf.

Jelena schob nun den zweiten Wäschewagen in den Weg, der Dieb strauchelte und landete direkt in dem Wagen.

»Nimm seine Füße!«, kommandierte Jelena.

Kökkenmöddinger richtete sich auf, griff nach den strampelnden Füßen und hielt sie einfach in die Luft. Der Rest des Diebes zappelte im Wäschewagen herum.

Nun kamen auch Rudi und Wanda aus ihrer Deckung.

»Geschafft.« Jelena strahlte.

»Großartig hast du das gemacht, Kökki!«, sagte Rudi. »Ich rufe die Polizei.«

Kökkenmöddinger grinste schief. »Wenn ihr mir diesen Zappelphilipp mal abnehmen könntet …«

In diesem Moment kam der Graf aus seinem Zimmer. »Was ist denn hier los?«

»Wir haben einen der Schmuckräuber geschnappt«, sagte Kökkenmöddinger.

»Nein, wir haben den Schmuckräuber geschnappt«, erklärte Wanda. »Genauer gesagt, die Räuberin. Lassen Sie sie los, Herr Kökkenmöddinger!«

Er tat, wie ihm geheißen, und die Gestalt krabbelte aus dem Wäschewagen.

Wanda riss ihr die Maske vom Gesicht. »Das war's dann wohl, Frau Gräfin.«

»Mutter! Du?« Horst von Gundermark sah aus, als ob er gleich in Ohnmacht fallen würde.

Kökkenmöddinger schmunzelte. »Gnädige Frau, ich hätte Ihnen ja viel zugetraut, aber das nicht.«

»Ich bin schon lange an ihr dran«, erklärte Wanda. »Aber wirklich geglaubt habe ich es erst, als ich in Waldenburg recherchiert habe, dass sie früher Kunstturnerin gewesen ist. Die Gehbehinderung täuscht sie seit Jahren vor.«

»Mutter, ich bin fassungslos!« Der Graf war blass. »Aber Wanda, was soll das heißen: Du warst schon lange an ihr dran?«

»Mein Junge, das, was es eben heißt«, sagte die Gräfin. »Sie hat mich verfolgt. Nicht dich.«

»Verraten Sie mir jetzt bitte mal, warum Sie immer wieder nach Freiberg wollten?«, fragte Kökkenmöddinger.

»Walmbrich«, seufzte die Gräfin.

»Sie hat über Pawel ihre Beute nach Waldenburg bringen lassen«, erklärte Wanda.

»Die Stollen, wo auch die alten Nazischätze liegen«, rief Jelena dazwischen. »Natürlich! Da hat sie ihre Beute versteckt. Kein Mensch blickt bei dem Tunnelgewirr durch. Sie haben doch mal dort gelebt, oder?«

Die Gräfin nickte Jelena zu. »Bravo, Schätzchen. Kluges Kind.«

Dann wandte sie sich an Kökkenmöddinger. »Die Kleine sollten Sie sich warmhalten. Die ist pfiffig!«

»Aber Wanda, ich wollte dich heiraten«, stammelte der Graf. »Ich wollte hier in Dresden für uns eine Villa mieten. Für uns drei ...«

»Er war schon immer ein dummes Kind.« Die Gräfin sah Wanda an. »Das hat er von seinem Vater.«

»So wird es wohl sein.« Kökkenmöddinger bot der Gräfin den Arm an. »Kommen Sie, gnädige Frau. Wir gehen zur Polizei. Und dort befreien wir zuallererst meinen Freund Heinz aus der Bredouille.«

Die Gräfin lachte. »Ich bin durchaus erleichtert, dass Sie es waren, der mich geschnappt hat, Herr Doktor ...« Sie sah abschätzend an Rudi herunter. »Und nicht irgend so ein dahergelaufener Detektiv.«

»Aber den Schlag auf den Kopf nehme ich Ihnen immer noch übel«, erklärte Kökkenmöddinger.

»Was sollte ich tun?« Die Gräfin zuckte die Achseln. »Ich musste Sie doch am Denken hindern.«

»Das hat aber nicht lange funktioniert.« Kökkenmöddinger schmunzelte.

# Inhalt

# BLUTIGE KOPPELN

Heike Köhler-Oswald
**Mörder lauf Galopp**
Ein Thüringen-Krimi

160 Seiten, Broschur

ISBN 978-3-95958-044-1 | 9,99 €

Leonie Ritters Pferde wurden von einem Armbrustschützen angeschossen. Sie bittet ihre Freundin Paula um Hilfe. Doch die Kriminaloberkommissarin ermittelt in einem Fall von Holzdiebstahl im Jenaer Umland und schickt einen Kollegen. Erst als ein Landwirt tödlich von einer Armbrust getroffen wird, wird Paula endlich aktiv. Der Sohn des Toten gerät ins Visier der Polizei. Oder hat der Mord etwas mit dem Holzklau zu tun? Vielleicht kann der Förster Hannes König Paula auf die richtige Fährte bringen. Er findet den flüchtigen Sohn – aufgehängt an einem Hochsitz …